②

みらいめがね

苦手科目は「人生」です

チキ
ンスケ

まえがき

物書き業を始めた頃、会社勤めをしていた。他社の人間と会う機会の多かった部署にいたため、物書きとしての顔は使い分けようと思い、伊達メガネをかけた。視力は悪くなかった。むしろ良い方である。

伊達メガネは、オン／オフを切り替える心理的スイッチとして役立っている。コーヒーを入れてからパソコンの前に座るように。制服を着てから売り場に立つように。ネクタイを締めてから顧客を訪問するように。僕は伊達メガネをかけてから、物書きになる。

会社員の変装アイテムとしてかけ始めたのがきっかけだが、結局、物書きに集中したくて、自著を出版した二カ月後に会社を退職した。その後も、伊達メガネは続けている。著者近影でメガネイメージがついちゃったし。

『スーパーマン』のクラーク・ケントは、地球人のふりをして活動するとき、メガネをかけて社会に紛れる。『スパイダーマン』のピーター・パーカーは、蜘蛛に咬まれてスーパーパワーを手に入れる前、視力が悪くてメガネをかけていた。「メガネを取ったら意外と美形」といったキャラクター描写があるように、一昔前のメガネ描写には、「パッとしない人がしているもの」というステレオタイプがあった。そしてヒーローは、メガネをかけた青年の対極にある存在でもあった。

『ウルトラセブン』のモロボシ・ダンのように、メガネをすることで、ヒーローに変身するキャラクターもいる。僕もまた、メガネをかけることで、「今から仕事するぞ」というモードに切り替える。誰かのヒーローになれているかは知らないけど、自分なりのファイティングポーズがメガネ姿なのである。

*

さて、そのメガネであるが、感染防止のためにマスクをしていると、どうしても曇ってしまう。息がマスク上部をすり抜け、暖かく湿った空気がレンズにかかるためだ。おかげで息をするたびに、目の前モワモワ半透明。

マスクの上部を内側に折り曲げればいい、ティッシュを挟めばいい、といったアイデアをよく聞くも、どちらの案も、鼻のあたりに妙なムズムズする違和感がある。そのうえ、メガネは曇ったまま。かといってマスクから鼻を出してしまうと、花粉や感染症に対する効果が下がってしまう。ああ、じれったい。ストレスでものの見方まで曇りそう。

マスクやメガネの意味付けは、時代とともに変わる。２０００年代にメガネはおしゃれなアイテムに変わっていった。コロナ禍になって、「マスクを取った顔は、親しい人にだけ見せるもの」という感覚が広がった。そんな時代にこの本は、マスクもメガネもしていないすっぴん姿の自分を描いている。ヨシタケさんの素敵なイラストとともに、剝き出しの素顔を晒している。

人によってはギョッとしちゃうかも。それでも読後に、視界がちょっと広がっているかも。どっちに転ぶか分かりませんが、やっぱり、お眼鏡にかないますように。

荻上チキ

目次

装釘　大島依提亜

祖母の思い出

昨年、東の祖母が死んだ。

父方の祖母で、東京で暮らしていた。彼女は多くの子を産んだ。僕は、東の祖母の末っ子である父の、さらに末っ子として生まれたのだった。

子供の頃、関西で暮らしていた僕の家族は、年に二度ほど、東の祖母の家を訪れるのが常だった。夏の訪問と、冬の訪問。新幹線に乗って数時間の距離ではあるが、子供にとっては非日常への旅行に違いない。新幹線では必ず、冷凍みかんを食べた。

東京駅から何度か乗り換えた駅。長い商店街を抜けた先に、東の祖母の家はあった。二階建ての古民家で、小さな庭には何本かの竹が横並びで生えている。そのため昼でも少し暗い。ただ、夏でも涼しく、毎年の避暑地として居心地が良かった。

引き戸を開けると、祖母は遠方から来た孫たちを「よく来たねぇ」と迎え入れる。品の良い東京弁で、さらりとした洋装がいつも似合う。

習字の先生をし、絵画も嗜んでいた祖母は、いつも物静かで、ニコニコと孫たちの姿を見守っていた。朝起きると、目玉焼きと味噌汁、そして白飯ともう一品が出てくる。僕の家は、両親が共働きだったこともあり、手軽なパンとヨーグルトだった。それが不満だったことはまったくないのだが、朝から「ご飯」が食べられるのは新鮮で楽しかった。

*

東の祖母の家では、夏には、昼食にそうめんが出ることが多かった。そうめんの食べ方には、地域差や個人差があるのだろう。東の祖母は、少し洒落たガラスの大鉢に氷水を張り、その中にそうめんを入れていた。

子供たちが来る時だけなのかはわからないが、そうめんの大鉢の中には、果物がいくつかちりばめられていた。大抵それは、フルーツ缶詰のパインかみかん、あるいは西瓜であった。

これらの果物は、めんつゆにまったく合わない。それでも子供の僕にとっては貴重な甘味であり、喜んで食べていた。なお、僕は、酢豚の中にパインが入っていても許せる性質である。パイン入り酢豚を家庭で食べたことはないが、フルーツそうめんを食べ続けた影響があるのだとすれば、この味覚については東の祖母が作ったといえる。

夏休みの宿題を持って上京することが常であったのだが、習字はいつも東の祖母に教わっていた。祖母はあまりにも達筆なので、「僕の宿題も、おばあちゃんが書いてくれればいいのに」と言った覚えがある。もちろん「まあまあ、よく見て書きなさい」と上手に受け流された。何度も丁寧に教わったはずなのだが、今でも絶望的に字が汚く、自分で書いたメモにさえ、首をかしげることがよくある。

冬には親戚一同が集まって、正月を過ごすことになっていた。たくさんの大人からお年玉をもらえるのが何より嬉しかった。東の祖母は、誰よりも金額が多かった。孫が多い分、出費も相当なもののように思うのだが、当時は財源などに思いを巡らせることもなく、使途のことばかりを考えていた。

料理は参加する各家庭が持ち寄り、おせちや日本酒などを楽しんでいた。栗きんとんや伊達巻き、数の子やかまぼこといった定番メニュー。毎年変わることのないメニューだが、だからこそ、恒例の儀式のようでもあり、とても無害な空間でもあった。

思えば、親戚の誰からも、「早く結婚しろ」「大学へ行け」といった説教を受けたことがない。男だからそうしたプレッシャーを受ける機会がたまたま少なかったのかもしれない。しかし、良い意味で、干渉しすぎないという関係が、居心地が良かった。みんな、我が家よりも良い暮らしをしていたのではないかと思うのだが、嫉妬のような感情さえ抱いたこともない。

*

東の祖母の家は変わった造りになっている。決して大きくはない二つの家が、ほぼぴたりとくっついて建てられており、その間に短い渡り廊下が付いている。そのうちの一間を、昔は人に貸したりしていたが、祖父が亡くなってからは、片側の家に、祖母の介護を兼ねる形で伯父が住むようになった。

それぞれの家には大きめのベランダが付いていて、柵を越えれば行き来することができる距離だ。危ないからそこを乗り越えることはしなかったが、伯父が飼っている猫は、ひらりとその距離を跳んで見せた。その猫は年に二度しか来ない子供など相手にすることはなく、最後まで僕が触れることを許さなかった。

教育者でもあった伯父からは、文学全集をもらったり、歴史資料をもらったり、ルソーやカントなどの哲学書をもらったりした。僕が今の仕事についてからは、伯父に「いつかお婆ちゃんから、戦争の話を聞けるといいね」と言われたりもした。僕もそうしたいと思っていた。しかし、その希望は叶わなかった。

僕が物書きになってしばらく経った頃には、祖母は、寝たままで過ごす状態が何年も続いていた。そのため、長時間の聞き取りに耐えられないのではないかという懸念もあったし、僕も多忙を理由に、通うことを躊躇していた。

何より、それまでずっと居心地の良さを感じていた、「適度な距離感」を、聞き取りによって壊しかねないことが怖かったようにも思う。祖母の内面は、触れづらい領域だった。

幼い頃に祖母と交わした会話をほとんど覚えていない。むしろ、ほとんど会話をしていないような気もする。ただただ、その空気感ばかりを味わっていた。「優しい祖母」という役割ばかりを担わせていたのだとすれば、やはり奮起して、話を聞いてみるべきだった。

東の祖母の家にいる間は、東京見物をするわけでもなく、ただただのんびり過ごしていた。

漫画や雑誌を読んだりしながらゴロゴロした。その家では、親に叱られることもなく、学校のことを思い出すわけでもなく、じんわりと季節を感じながら過ごしていた。夏は蚊取り線香や花火の匂いを、冬は大人たちの呑む酒やタバコの匂いを嗅ぎながら。

祖母が元気だった頃は、十人を超すひ孫たちを含めて、家中がごった返すこともあった。主人を失ったその家からは、いくつもの匂いが消え、代わりに線香一本分の香りが加わった。

*

昨日、西の祖母が死んだ。

梨木香歩の名作タイトルのようだが、いずれの祖母のことも、「魔女」だと思ったことはない。それでもあえて「〜の魔女」と名付けるなら、東の祖母は「静寂の魔女」であり、西の祖母は「豪胆の魔女」である。

母方の実家である、西の祖母の家は兵庫にあった。幼い頃に僕が暮らしていた家から一駅のところだった。西の祖父が生きていた頃は、祖父がバイクで迎えに来てくれたりもした。踏切や水田を越え、急な坂を上り続けると、そこが祖母の家だった。

僕の母親は、あえて関西弁を抑制した話し方をしていたのだが、西の祖母は強い訛りを持ち、低い声も合わさって、子供心には迫力があるように感じられた。それでも威圧感は一切なく、「あんたはごんた（いたずらっ子）やなあ」とたしなめる時も、泣かされたような記憶はない。

夏だろうが冬だろうが、西の祖母はよく、煮物を作っていた。特に多かったのが、かぼちゃの煮物である。それに味噌汁とひじき、白飯がセットになっていた。一度か二度、「カレーが食べたい」とせがんで作ってもらったことがあったように思うが、不思議なことに、好物でもない煮物の方が美味しく感じられた。

子供向けのお菓子を出されたことはほとんどなく、おかきなどの乾き物しか出なかった。ただ、西の祖母の庭には季節になるとイチジクがなって、それを食べるのが大好きだった。大人になり、僕の子供たち、つまりは祖母のひ孫たちを連れていった時は、チョコレートやクッキーなどのお菓子が用意されており、時代の変化を感じたものである。

西の祖母が作るそうめんは、ザルに入っていたように思う。僕の母はザルで水切りしたそうめんを出すから、食べ方を踏襲したのだろうか。東の祖母の冷たいそうめんも、西の祖母のぬるいそうめんも、どちらも美味しい。薬味をほとんど使わなかったのは、両祖母に共通していた。

そんな西の祖母の家は平屋の古民家で、間取りがやや入り組んでいた。小さかった頃は、行くたびに「忍者屋敷のようだ」と思っていた。玄関から入ると、右にも左にも正面にも扉があり、祖母がどこから出迎えるかわからない。台所には勝手口も付いており、イチジクを取りに行く時はいつもそこから出入りしていた。

蟬やカエル、コオロギや鈴虫の鳴き声が響き渡る環境だった。木造平屋の家には、いろいろな虫も忍び込む。ゴキブリが出ると、素手で捕まえて握りつぶす祖母。僕がカエルを捕まえても、驚きもせず、「あんま家には持ち込まんねんでぇ」とだけ声がけする。

家にはものが少なく、代わりに外の物置には、見慣れない農具や工具があった。祖母は家の裏に小さな畑を持っており、しばしばそこで作業していた。しかし、祖父の死だったか、阪神淡路大震災だったか、いつかのタイミングで畑を手放したのだと記憶している。

僕は小学校の時に、兵庫県から埼玉県に引っ越した。そのため、「遠方の祖母」という役割が、東の祖母から西の祖母へと移った。毎年何度か電話はするが、引っ越してからはどれくらい会っただろうか。

電話口ではいつも、これでもかというくらいに褒められた。進学や成人のタイミングでは、必ず祝いの言葉をくれた。実家は経済的に苦しい時期が多々あったが、それでも進学できたのは西の祖母の援助が大きい。

そんな祖母の人生を、僕はあまりに知らない。母から聞いたこともないし、祖母も多くは語らなかった。知らないということが、途端に申し訳ないような気持ちになってもいる。これからあの家はどうなるのだろう。「祖母の願い」により近いような答えも、思い描くことは難しい。

＊

幼い頃の記憶では、両祖母は活発で、頼れる存在だった。老いは、体力や覇気を奪う。最後に会った時の両祖母の姿は、骨と皮が目立ち、かつてないほど小さいものだった。自分の身体が大きくなったこともあるだろう。

いつでも両祖母は、孫の味方であった。僕の仕事を応援し、健康を喜んでくれていた。二人とも、別れ際などには必ず、「元気でね」「元気でな」と声をかけてくれた。

どちらの祖母も、急に亡くなったという印象ではない。支援や介護が必要になったり、病院や施設に通いながら、ゆっくりと衰えていった。それでも、「今年こそ何があってもおかしくない」と言われるようになってから、随分長く生きたと思う。

こうして両祖母のことを思い出しながら書いていても、二人の内面のことはよくわからない。ただ振り返れば、僕が生きているだけで、喜びを覚える人がこの世にはいたのだという事実が、今になって意味を持つ。老いや死は、その人の足跡までをも小さくはしない。

祖母が亡くなったことを人に報告すると、誰もが「それはご愁傷様です……」と声を潜めて気遣ってくれる。「ちなみにおいくつで?」と聞かれた時には、東の祖母が102歳、西の祖母が91歳だったことを告げる。すると、大抵の人が目を丸くして、「大往生ですね!」と大きな声で驚く。人によっては「高齢化社会だなぁ!」なんて感嘆詞付きで。その反応の変化も面白いが、確かにそのとおり。きっと彼女たちは、大いに生き抜いたと思う。

祖母の思い出

私（ヨシタケ）の祖母はとても物静かな人だった。

1.

お盆とお正月には親戚一同が祖母の家に集まり、祖母はずっと台所で何かの用意か片付けをしていた。

2.

私にはどうしても好きになれない人がいた。その人はごくたまにしか来ないのだが、いつも声が大きくうるさいのだ。

3.

ある時、その人が来ていたので
私は台所に避難して、祖母に
「ぼくはあの人がキライだ」と
こっそりうちあけた。

4.

すると祖母は、うれしいような、困ったような顔をして振り返り、
「おばあちゃんもあの人、だいきらい！」
とこっそり教えてくれた。

5.

6.

「いつもニコニコしてるおばあちゃんでも、キライな人がいるんだ！」と
とても驚いたし、そのことを私に
だけうちあけてくれたことが、
なんだかとてもうれしかった。

7.

「どんな人でも何かを抱えている」
と初めて気付いたし、それ以来、
祖母のことがもっと好きになった
のだった。

趣味はつらいよ

寒い時に飲むお茶が好きだ。

蛇口から流れる水が溜まっていく。ケトルの中で湯が沸騰する。急須に湯を注ぎ、マグカップにお茶を注ぐ。それぞれの音の変化が心地いい。

湯気とともに茶葉の香りがたつ。手に持ったマグカップが温かい。ふぅふぅと茶を冷まし、唇に近づける時、目元に蒸気がジワリとあたる。舌先で熱さを感じ、口全体で優しい味を受け止める。

喉で、食道で、胃袋で。確かな温度を感じる。

喉が、食道が、胃袋が。確かに温度を上げる。

＊

常に何かを、しかも同時並行で行っていないと気が済まない時間貧乏性。お風呂でも本を読んだり動画を見たりするし、寝る前のストレッチの時も漫画を読んでいたりする。筋トレの時も映画やアニメを見るし。インプット過多で、咀嚼不足。つくづく、一つに集中するのが苦手である。

だからせめてと、ストレッチの時には「マシな足し算」に変えたりした。温かいアイマスクで目を休めて、「カノン」や「家具の音楽」といったメロディを反復する曲をAIスピーカーから流して周囲の音をカットする。視覚と聴覚を落ち着かせながら、身体の各部位をクールダウンさせていく。

そんな自分にとって、一日の中で、もっともゆったりとした時間を味わえるのが、ティーブレイクの時。全ての作業を止め、お茶を飲むという行為だけに没頭できる。この時間は、自分にとって、即席のマインドフルネス（瞑想）だったのかも。

一粒のレーズンを手のひらに置き、それをじっくりと観察し、ゆっくり食べるという「レーズンエクササイズ」なるものがある。手にとった感触、におい、舌触り、歯ごたえ、味わい、喉越し。その感覚とともに、身体の各部位がどのように反応するか、心は何を連想しているかを捉えるものだ。

認知行動療法の中でも、自分の知覚を丁寧に読み解くための、マインドフルネスの入門的な方法だ。自分の認知の癖や方法を、分解し、観察し、言葉を摑んでいくための練習になる。「ゆっくりする時間」であるお茶の際には、レーズンエクササイズのように、自分の知覚と細かく向き合ってきたように思える。

だからなのか、先の冬から、キッチンに複数のお茶を用意するようになった。リラックスしたい時、もうひと踏ん張りしたい時、甘いお菓子を食べる時、眠りが浅くて中途覚醒した時。気分に合ったお茶は何かなと、選んで、味わう。

お茶マニアというわけでは一切ない。ルイボスティーは苦手である。高級な茶葉の違いもわからない。お湯を入れるだけという粉末のインスタント・ティースティックはお気に入り。あとは、さんぴん茶や、白桃のフレイバーがついた紅茶が好物である。

お茶を入れる前には急須と湯飲みを温めて、みたいな手間もかけない。基本的にはズボラティー。それでも、今日はどれにしようか、帰ったら何を飲もうか、こんな具合に、楽しみのみならず、安心感をも得られる。まるで漢方薬や頭痛薬のように、お茶のストックが、心の救急箱になってくれている。

＊

長い時間をかけて身につけてきた、「感情を見せたら負け」という自己規制は、自分の感情表現そのものを静かに凍結させてきた。ただ表に出さないだけでなく、感覚を受容する作業をも阻んでいたのである。

厳しい環境に長らく身を置いていた人や、しんどい経験をした人が、病気になって倒れたり、誰かに話をする過程で、ようやく「自分がこんなにもしんどく感じていたなんて」と気づくことがある。自分が何を感じ、何をしたいのか。それに鈍感だと、自分の故障に気づきにくい。

友人のアナウンサー・南部広美が、ある時期に自身のことを「欲求不満じゃなくて、欲求不明なの」と吐露していた。ああ、それな！　欲求を解消するのも大変だけど、欲求そのものを認知するのは、僕にとっても大変である。苦手科目は人生です。

そんな折、英語ネイティブである友人と頻繁に飲む関係になった。普段は日本語なのだが、酒が入ると英語で話すようになる。その方が率直に喋れるらしい。その分、下品な、いわゆるFワードが飛び出すようになるのだが。

合わせて僕も英語に付き合うものの、語彙量の限界にぶつかる。当然ながら、頭の回転が鈍くなり、言葉に詰まる。何度かそんな夜を過ごして、ちょっとした発見があった。ボキャブラリーが貧弱であるからこそ、自分の感情を率直に認めやすいのだ。

日本語の会話だと、遠回しの表現になりがちなところも、「awesome《オーサム》（最高！）」「I like it（それ好き！）」くらいの直截な表現に変わる。映画について話す時に、細かな論評などはしなくなる。「あれ最高だよな！　僕も大好き！」くらいの内容をシャウトするだけで、あとはウェイウェイするばかり。うんちく話に広げるのではなく、自分がどう感じたかを話すようになるのだ。だって、それしか話せないからね。

その中で、「あ、自分はこれを〈オーサム〉だと思っていたんだな」「自分はあれを〈ファック〉って思っていたんだな」と再確認する。なるほどなるほど。しかもその感情を受け止めてくれる友人がいるんだな。なるほどなるほど。

僕以上に感情を言語化しにくい人は、訓練として「感情カード」を使う。「悲しい」「つらい」といったシンプルな感情表現を指差し、なぜ、どのように、どの程度といった言葉を模索していく。あえてシンプルな言葉から出発することで、丁寧に感情を掘り下げていくことができるわけだ。多分それぞれ向き不向きがあるんだろうけれど。

＊

37歳の誕生日を迎える前日。ラジオ番組のＡＤからショートメッセージが届いた。

「質問です。都内で購入できるマーベルグッズで、欲しいものは何ですか？　予算は1万5000円程度です」

わあ、なんてわかりやすいリサーチ。サプライズが苦手な僕にとっては、とてもありがたいコミュニケーションだ、さすが。

――ちなみに予算を気にしない場合、ホットトイズから出ているハルクバスターです。

「無理です！」

――じゃあ、アントマンの可動フィギュア、今なら4000円ほどです。

「わかりました。もしかしたら明日、何か良いことがあるかもしれません」

——よくわからないけど了解！

翌日、驚いたことに、番組スタッフが、僕が欲しがっていたアントマンのフィギュアをプレゼントしてくれた。アメイジング。

僕はこのやり取りをするまで、何かを収集するということはほとんどなかった。ただ、唯一、少し前から集めていたものがある。それが、「コウペンちゃん」というキャラクターのぬいぐるみ。ツイッターで人気が出たキャラクターで、元々は「肯定ペンギンのあかちゃん」という名前で投稿がなされていた。

「ちゃんと起きてえらい！」

「すごい！　はなまるをあげます」

「生きててえらい……！」

何でも褒めてくれるこのキャラクターに励まされるべく、大小様々なぬいぐるみを枕元に置いていた。ぬいぐるみなので、いくつか買っても高額になるというわけではない。

そんな時、好きなアメコミキャラクターのフィギュアが家にやってきたのだ。収集癖に目覚めつつある、そのタイミングで。

家に帰って、箱からフィギュアを出し、玄関に飾る。わあ、かっこいい。箱ごと取っておく人もいるけど、僕は飾る派だな。でも、玄関のスペースにはもっと色々置けそうだな。一人だけじゃ寂しそうだ。何か仲間を探しにいこう。

数日後。サブカルの聖地、中野ブロードウェイを散策する。何か手頃なフィギュアはあるかな。軽い気持ちでブラブラしていると、最初にその名を挙げたハルクバスターのフィギュアが、目に飛び込んできた。

え。あった。あっちゃったよ。

全長55センチ。重量12キロ超。可動部位も多く、とても丁寧につくりこまれたメタリックデザイン。数日前のADとのやり取りで名前を出したため、物欲が一度刺激されている。ああ欲しい。すごくかっこいい。やばいなこれ。足を止め、腕組みをし、少し考え、呟く。

——明日もあったら、買おうかな。

え、買っちゃうの？　最初に自分で買うフィギュアがこれ？　でかくて、高くて、精巧で。

——うん、買うかも。明日もあったらね。

まあ、あったらね。あったらまた考えよう。一度保留して、えらい！

翌日。開店時間をあらかじめ調べたうえで、開店直前に店の前に行く。店員がシャッターを開けると同時に、一角に変わらずあった、大きなそのフィギュアが目に飛び込んできた。

ははは。あった。あっちゃったよ。

――すみません。これください。

即購入。即運搬。12キロ以上するフィギュアを入れたダンボールを、抱きかかえながら住《す》処《か》に戻る。汗だくになりながら家に着くや否や、箱から出し、組み立て、玄関に飾る。

――ああ、映える……。よき……。

これが底なし沼への入り口。気づけば今や、玄関はフィギュアだらけで、壁には複数のポスター、棚にはサイン入りコミックスが飾られるようになった。

部屋を好きなもので飾るようになってから、世界がだいぶ居心地よくなったように思える。戦場に行く兵士が、ロケットに恋人の写真を入れて持ち歩くように。僕はアメコミグッズを飾ることで、ささやかな弛緩と、ささやかな興奮を獲得できるようになった。

玄関を開けたら、ポスターとフィギュアがお迎え。ストレスのない部屋着に着替え、部屋の照明を適度な明度に下げる。運動や食事を済ませた後、入浴をし、本を読み、ストレッチを集中的に行い、就寝する。時には身体を落ち着かせるために、ベッドに向かう前に温かいお茶を飲む。マグカップは、お気に入りのコウペンちゃんか、マーベルのキャラクターのデザインで。

*

ずっと自分には、オタクの才能がないと思っていた。記憶力もないし、コレクションの欲求もない。わかりやすい趣味がある人は羨ましいな。そんな具合に。

その時想定していたオタクというのは、好きなものについては何でも話せて、全人生を、全財産を捧げているような、とにかく自分ではとても敵わないような圧倒的な存在だった。

しかしヌルヌルと、そしてズブズブと、沼にはまっていった今、自分のペースで何かにどはまりしていくこともあるし、誰かと比べなくても自分のペースで世界を遊べばいいんだなと学んだ。そして今、僕と似たようなマーベル友達、続々とできてます。

あらがわずして、世界と和解。

アラフォーなんて、意外と若い。

同じくアラフォーでＢＴＳ（防弾少年団）にはまった友人もいるし、ヒプノシスマイクにはまった友人もいる。スカッシュにはまった友人もいるし、フットサルにはまった友人もいる。

「ミッドライフ・クライシス（中年の危機）」なんて、勝手に決めつけてはいけません。ある立場から見たらクライシスでも、別の立場から見たらレボリューションかも。他人から見たら逸脱でも、その人にとっては成長かもしれないのだ。おかげで、財布の中身は危機ですけども。

趣味はつらいよ

趣味外来
ヨシムラさーん。お入りくださーい。
1.

ヨシムラさん、どうですか？その後、趣味は見つかりそうですか？
それがちっとも…
2.

知りあいは皆、趣味を見つけて生き生きしてるのに、
趣味のひとつも見つけられない自分が、ひどくみじめに思えてきて…
3.

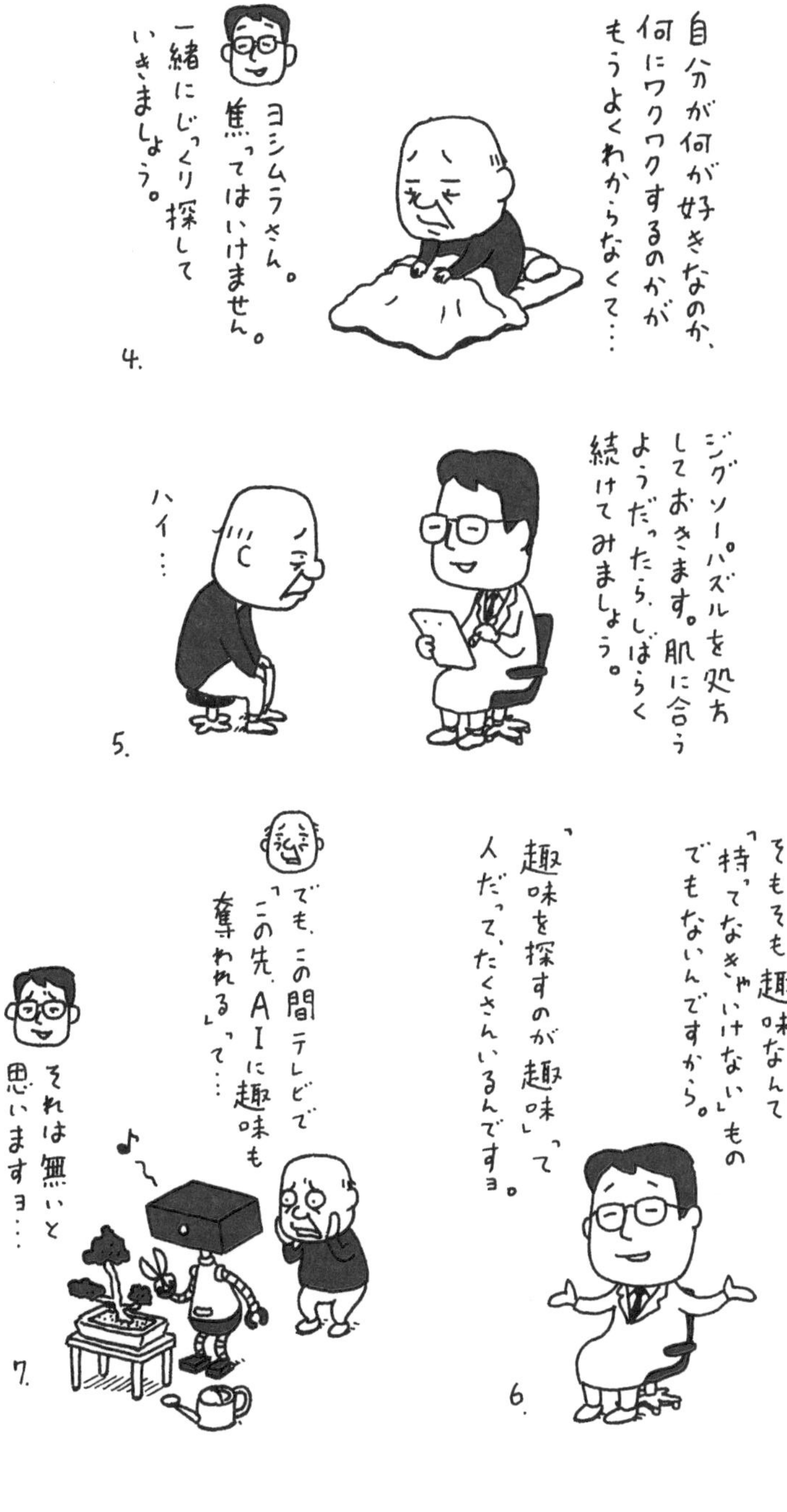
自分が何が好きなのか、何にワクワクするのかがもうよくわからなくて…
ヨシムラさん。焦ってはいけません。一緒にじっくり探していきましょう。
4.
ジグソーパズルを処方しておきます。肌に合うようだったらしばらく続けてみましょう。

ハイ…
5.
そもそも趣味なんて「持てなきゃいけない」ものでもないんですから。
「趣味を探すのが趣味」って人だって、たくさんいるんですヨ。
6.
でも、この間テレビで「この先AIに趣味も奪われる」って…
それは無いと思いますヨ…
7.

道具の魔力

ハンマーしか持っていないと、すべてのものが釘に見える

――アブラハム・ハロルド・マズロー

すべての道具には独特の魅力がある。ハンマーは分かりやすい一例だ。おもちゃのハンマーを手にした子供が、叩ける場所を探し、周囲の大人に「何か、叩いていいものない？」とせがむ。まるで大工になったように、あるいはファンタジーの主人公やギリシャ神話の登場人物になったように。その姿は、ハンマーそれ自体が力を宿し、子供の潜在的な攻撃心を目覚めさせたようにさえ映る。

何かの道具を手に入れてから、人の行動が変わることはしばしばある。ナイフを手にした少年が、仲間内で度胸試しをはじめる。カメラを手にした学生が、日常の中から「素敵な一

瞬」を切り取ろうとする。それは本当に、ありふれたこと。人が、道具に動かされることなんて。

ナイフもカメラも手に入れたことがないから、ピンとこない？　では、これならどうだろう。

「メラミンスポンジを買った者は、汚れのある場所を探して部屋をうろつく」

「ラベルプリンターを買った者は、部屋中をラベルだらけにする」

「手頃な空き箱を手にした者は、入れるのにちょうどいい小道具を探しはじめる」

「消臭スプレーを手にした者は、布という布に吹きつける」

一気に身近な例になったが、いずれも僕自身が経験したこと。多かれ少なかれ、あなたも味わったことがあるんじゃなかろうか。道具が、あなたに欲望を与え、突き動かす。そしてあなたは、その道具の言いなりになる。

メラミンスポンジの言いなりなら、有害さはあまり感じられない。使いまくったとしても、家中がピカピカになるだけだ。

それに比してハンマーは、鈍器としても機能する道具だ。場合によっては人を傷つけ、修理すべきものまで破壊しかねない。

壊れた時計があるとして。時計職人であれば、小さな工具を巧みに操り、針の音が再び時を刻むように直してみせる。ハンマーの持ち主であれば、小さな不燃物として捨てられるよう、粉々にすることを提案するかもしれない。

ハンマーと釘の警句は、道具に取り憑かれた者の気持ちをうまく言い表しているだけでなく、選択肢の貧弱さが、望ましくない行動と結果を導くことを言い当てている。

＊

言葉もまた、人が日常的に用いる道具である。思考を重ねるため、人と話すため、言葉という道具は発展してきた。

その言葉が、お粗末なハンマーだったとしたらどうだろう。場面に適さないばかりでなく、振りかざす心地よさを話者に与えるような、そんなものだったら。

スポーツなどにおける精神論は、まさに「ハンマー釘問題」を濃縮したようなものだ。試合で負けそうになっている選手に、「リラックスしろ！」「相手にのまれるな」なんて怒鳴っても意味がない。選手層の厚さや力量で負けている戦いに、「気持ちでは負けてないぞ」なんて言ってもしょうがない。しかし、適切な言葉を持たず、精神論でしか「指導」できないコーチは、未熟さを恥じるどころか、その権威を振るうことの心地よさを隠しきれない。

精神論は、手段が貧困な状態において、最後に頼られるおまじないだ。もっと具体的な手段があれば、精神論なぞ出番もない。具体的な戦術や訓練方法を指導して、せいぜい最後に残るのが、「頑張れ」というひとことのはず。最初から精神論を振りかざして説教する者は、指導者としてあまりにポンコツだ。

僕が子供の頃。教室で発生していたいじめ問題に対応する教員のスキルは、お世辞にも高いとは言えないものだった。よくて、いじめっ子に対して「仲良くしなさい」と声がけする程度。あとは、いじめられている者に、「隙を見せないように立ち向かってみなさい」と的外れな助言をしてみせる。

その言葉を真に受けて、僕も自分なりの逆襲を試みたことが何度かある。ランドセルを焼却炉に捨てられたことがあるので、相手のランドセルを池に沈めた。集団で蹴られたことがあるので、一人になるのを待ち構えて鼻に膝蹴りを入れた。クラスメートたちから罵声を浴びせ続けられたので、椅子を持ち上げて投げつけた。いじめリーダーには体格で負けるので、刃物を握りしめてとびかかった。

いずれも、担任教師にめちゃくちゃ怒られた。なんだよ、言う通りに立ち向かったのに！僕は不服だった。僕がとった手段が不適切だというなら（もちろん、不適切ではあった）、なぜ適切な手段でいじめを止めてくれないのだと。思えば当時はまだ、いじめ研究もはじまったばかり。大半の教員が、今以上に、科学的ないじめ対策を知らない時代ではあった。社会にも、精神論しか共有されていなかったのだ。

それはまるで、医療が未発達の時代に、祈祷や瀉血《しゃけつ》、骨相学やフロイト夢分析や催眠療法が重宝されるようなもの。当人たちは、ただのおまじないだとは思っていないばかりか、それが多くの実績を持っていると信じている。

テレビで「鬼コーチ」の姿が好意的に取り上げられていると、「ああ、指導者の層が薄い分野なのかな」と感じてしまう。無駄な叱責や精神論をやめれば、もっと優れたコーチングができるだろうに、なまじ実績があるゆえにそれらが正当化される。

しかし、目を凝らせば見えるはずだ。鬼コーチの手にはハンマーがしっかりと握られているのだと。その人にとって指導とは、選手を極限まで追い込む快楽である。ハンマー以外の道具があることを知らず、探すこともない。

＊

誰の知的影響も受けていないと信じている実務家でさえ、
誰かしら過去の経済学者の奴隷であるのが通例である

——ジョン・メイナード・ケインズ

ケインズの言葉は挑発的だ。でも、どれほど優れた人であっても、実際には誰かが作り出したハンマーを上手に利用しているにすぎないという意味では、すごく応用の利く言葉だなと思う。

彼の言葉は、実務家と経済理論、すなわち優れた実践と優れた理論を引き合いに出している。これがもっと、貧しい関係だったらどうだろう。例えば、愚者と陰謀論。

たいていの陰謀論は、実際の社会科学よりも単純に世の中を説明してくれる。悪いことは、誰かのせいにしてくれるし、それを口にすることで、「この世の真実を知っている」という優越感に浸ることができる。愚者が賢者のふりをする、厄介な物語だ。

精神論も陰謀論も、お粗末なハンマーのように、余計な誰かを叩くために振りかざされる。人は、使い勝手の良い言葉を知ると、それをあちこちで使ってみたくなるもの。血液型占いや「男脳・女脳」といったニセ科学も、人種差別や出生地差別も、他人を分類するための野蛮なアイテムになっている。

もっとありふれた光景に目を向けてみよう。

世の中には、自分の政治的な信条は偏っておらず、あくまで「ふつう」の人間であると認識している人が多くいる。けれども、政治的でないコミュニケーションなど存在しないし、何色にも染まらぬ「ふつうの人」などいない。女性に「彼氏いる?」と尋ねた段階で、「人は恋をするもので、女性であれば異性である男性と交際するもので、一対一のペアを作るものであり、そのような恋愛感を表明することは、とりたてておおごとではないのだ」という、その人自身の「思想」の表明になっている。

政治的に中道だと思い込んでいる「ふつうの人」は、その実は通俗的な偏見の奴隷であり、そのことを当たり前だと思い込むあまり、拾い物の言葉を人に投げることに躊躇がない。だが、無自覚に言葉を発する行為は、時として他者への投石に等しい。人を傷つけ、脳細胞を破壊し、相手の機能を奪うのだ。

呪われた道具が、その人の凶暴性を引き出す物語は山ほどある。ストーリーが進み、呪いが解けた人物は、自分の中にある弱さを引き出されてしまったと口にする、一方的な洗脳ではなく、自ら魅了されてしまったのだと。言葉の投石も、隙あらば人を魅了する。

＊

大いなる力には、大いなる責任が伴う

——ベン・パーカー

僕が「ハンマー釘問題」に注意しなくてはと、多少なりとも自覚したのは、大学で文学ゼミに参加したこと。学生になると、先人たちが作り上げてきた、「とても便利なハンマー」を譲り受けることになる。その理論を振りかざせば、社会を上手に解析できるかのような、全能感を得ることができた。

しかしゼミでは、「それがただのハンマーでしかないこと」も、同時に学ぶ。文学は人の腹を満たさないし、作品についての解釈で優位に立ったところで、飲み会の座が険悪になるだけだ。ハンマーは釘を打つのに最適だが、ほかのことをしたいなら、より適した道具を求めたほうがいい。道具の言いなりになるのではなく、使い方を知らなければならない。

「ハンマー釘問題」を意識するに至ったもう一つの背景は、たくさんの物語に触れたこと。この原稿を書いている最中に、アメコミの巨匠、スタン・リーの訃報が届いた。『スパイダーマン』や『アベンジャーズ』といったヒーロー物語の生みの親だ。

例えば彼が生み出した物語には、自分の力に溺れたり、その力を持って役割を果たそうとする、ヒーローやヴィラン（敵）たちがたくさん登場する。その姿は、読む者に多くのシンパシーや教訓を与えてきた。先の言葉は、スパイダーマンことピーター・パーカーの伯父が発したものだ。

どのような言葉にも、細部に思想が含まれている。誰を格付けし、誰を傷つけ、誰を喜ばせるのか。誰を呪い、誰を祝うものなのか。ゼミやアメコミなどから、宿題を受け取って十数年。僕はまだまだ言葉に振り回されて生きている。

台湾に、プライドパレードを見に行った。ちょうどその時期は、住民投票や選挙と重なっていて、パレードには政治的なメッセージが溢れていた。同性婚や、学校で性的少数者について教えることの是非が、住民投票のテーマになっていたためだ。

台湾では、キリスト教系の団体が、同性婚に反対の姿勢を示しており、支持母体を気にする政治家の中には、立場の表明を躊躇する者もいる。そんな中、あるクリスチャンカップルが、「キリストはあなたを愛している」「私はクリスチャンであり、私は同性婚を支持する」というプラカードを掲げていた。

日本でもアメリカでも、同様のプラカードを掲げるクリスチャンは少なくない。宗教が人の作った物語であるのなら、神話は創作者の暮らしていた時代背景を反映したものだ。優れた言葉ではあっても、その時代に想定していなかったことなど山ほどある。拾った言葉は、今生きている時代、今生きている自分が磨き直すもの。ハンマーで殴らず、自分の言葉の主人になる。それを実行しているそのカップルは、とても素敵な笑顔をしていた。

道具の魔力

昨日、お父様からフシギな
道具をもらった。

「代々受け継がれてきた
大事な道具」なんだそうだ。

1.

「これを持つのにふさわしい
立派な人間になりなさい」と
お父様は言ってたけど、
コレ、どうやって使うんだろう。

2.

「その道具を売ってほしい」と
すごいお金を持ってきた人がいた。
でも、お父様にもらった大事な
ものだから、断った。

3.

これを持っているだけで、なんだか
みんなボクのことを怖がってる
みたいだ。
自分が強くなったようで、
気持ちがいい。

4.

せっかくだから使ってみたいけど、
今さら人に使い方を聞くのも
なんだか恥ずかしいよなあ…

5.

うーん…
あ! もしかして?!

6.

ホラ! やっぱり!
きっとコレが正解だ!
コリャいい道具だネ!

7.

心の歯磨き

主治医が、遠方に引っ越すことになった。うつ病になってから、ずっと診てくれていた先生なので、何年もの付き合いになる。

その主治医に出会うまで、複数の医師やカウンセラーに診てもらった。だが、症状が緩和するどころか、新たな抑うつ感を抱いて帰途に就くことが続いていた。処方される薬は一応は効くが、医師らの傾聴態度によってむしろ傷つく、ということが重なったためだ。

僕の鬱《うつ》は、複数の要因が継続することによってもたらされたもの。家庭状況が主な理由だったが、過労などが重なり、日に日に症状が悪化していった。多忙ゆえに、ストレスを発散する手段が乏しく、また複雑な家庭状況を相談できる友人もいない。対処方法の貧しさが相まって、どんどん行き詰まっていった。

抑うつ感と不安感の高まり。不眠の悪化とパニック症状の頻発。もはや耐え難いと感じた折に、心療内科などを探すことにした。

しかし、ある医師からは「離婚なんて、まだ考えるのは早いんじゃないですか」と言われ、あるカウンセラーからは、不登校状態にある二人の子供の話について、「子供は学校に行かせたほうがいいですよ」とダメ出しされる。そうこうしているうちに、過呼吸、自傷、希死念慮などが、強度を増していく。

ああ、もういいや。

黙って薬だけ出してもらえればそれで。

そんな気持ちになっていたある日、その主治医と出会った。

主治医の傾聴態度は、僕にとてもマッチしていた。相づちのタイミングと言葉の選び方に、何度となく救われた。

——一時間おきに目が覚め、毎晩うなされます。

「ああー。眠れないとつらいですよね。うーん。何か気になることはありましたか？　薬の効き目についてはどう感じますか？」

簡素だけど、こちらの「症状」だけではなく「つらさ」に対応しようとし、一緒に困ってみせた上で、改善策を提示してくれる。上から目線でなく、かといって頼りないわけでもない。「困りごとの解決同盟」という感じがして、大変に居心地が良かった。

＊

「気になる症状はありますか」

――体が硬直して動けないことです。ベッドから起きあがれなかったり、食事が取れなかったり。だから毎日、食事はゼリー飲料です。

「ああ、それはいいアイデアですね。しんどい時は食事は手間ですもんね。水と薬も枕元に置いちゃっていいかもしれませんね」

「今、特に気になることはありますか」

――離婚協議に時間がかかることが、どうしても不安になります。

「そうですよね。いつ頃までにこうなる、というのが見えにくいですもんね」

「その後いかがですか」

――頭が常に発火しているような、覚醒感が続いて休めません。

「お仕事柄、緊張する機会が多いですもんね。比較的、オフになれる時間ってありますか？」

「さて、その後はどうですか」

――薬が効いている時はマシになりました。ただ、仕事に集中するために、自傷行為をするというのが癖になりつつあります。

「どれどれ……あー、これは痛いですよね。不安を抑えようとすると、どうしてもこうなりますよね。不安になりそうなスケジュールがある時は、あらかじめ薬を飲んでおいても大丈夫ですよ」

「今は眠れていますか」

――変わらず眠れてないです。悪夢ばかり見ますね。ネットで叩かれる夢とか。

「ああ、つらいですね。そういえば、薬によっては、副作用に〈悪夢〉というのもあるんですよ。ほら」（と、薬事典を差し出す）

――へぇぇ、そういうのもあるんですか。

「相性もあるので、気になるようなら、他の薬も試してみましょうかね」

「今、気になっていることはありますか」

――モノガミー（単数婚）やポリアモリー（複数愛）ってわかりますか？

「詳しくはわからないんですが、聞いたことはあります」

――そのあたりについての、自分のセクシュアリティや性規範について悩んでいます。

「それはしんどいですよね。なかなか参考にできる言葉も見当たりにくそうですしね」

「さて、その後の調子はいかがですか」

――メディアが僕の家庭状況について取材に来て、パニックで自死衝動にかられました。

「（ため息）なんなんですかね、最近のその風潮って。個人のことなんだから関係ないのに。

あ、ごめんなさいね、私の感想で。今も、衝動は強いですか？」

「その後、いかがでしょう」

――芸能人の薬物使用へのバッシング報道が続いていて、見ていて、その攻撃性の高さと、トラウマ刺激から、精神がすり減りました。

「あれはひどいですよね。ちらっと見たんですが、（精神科医の）松本俊彦さんと一緒に、薬物報道への問題提起をされていますよね。本当は私たちのような専門家がやらなくちゃいけない仕事なんですけどね。すごく大事な仕事です。でも、疲れちゃいますよね」

「その後の調子はいかがですか」

――数日ですが、中途覚醒が一度しかない、という日が続きました。

「いいですね！　何か気持ちが落ち着くようなことがありましたか？」

主治医は、相づちの打ち方だけではなく、ミラーリング（相手の表情に自分の表情を合わせ、共感性を高める手法）も上手い人だった。

こちとら鬱で元気がなく、他者からの非難に身構えて、近況についてボソボソと話すのだが、そのつぶやきの中に含まれる感情を取り出し、少し大きめに同調してくれる。「それはしんどかったですね」と言われると、「ああ、自分はしんどかったんだな」と確認することができる。自分の、小さくなってしまった感情表出を、顕微鏡で拡大して見せてくれるようだった。

元からの出不精に加えて、玄関を開けることにすら恐怖を抱くようなメンタル状況。それでいてなお、病院に行くことだけは億劫にならずに済んだ。状況や症状が目まぐるしく変わる中で、体調と生活の両面についてヒアリングを受けながら、治療方針を相談していった数年間だった。

症状が緩和していったのは、投薬を続け、適度な時間が経過しただけではないだろう。心理的な安全が確保され、適切な相づちが提供される場所がある。そのことが、自分にとって大きかったのだと思っている。

うつ病の症状が緩和していき、じっくり読書ができるようになった頃から、心理学の本を多読するようになった。学問としての関心にとどまらず、自分が当事者となっての読書というのは、より切実なものであった。

＊

そんな中、『つらいと言えない人がマインドフルネスとスキーマ療法をやってみた。』という書籍が発売された。信頼できる心理学者の友人からの推薦があり、お気に入りの出版社である医学書院から出ているということもあって、手にとってみたのだが、これが抜群に読みやすく、納得できる内容のものだったのである。

著者である臨床心理士の伊藤絵美氏のところに、「背中の痛みが治らない」という男性クライアントがやってくる。彼は内科の医師で、半信半疑ながらも痛みを緩和するために渋々カウンセリングに来たのだ。高圧的でかつ自分の感情と向き合うことができないクライアント。それでも根気よくセッションを重ねていくことで、男性は回復へと向かっていく。その姿を通じて、認知行動療法と呼ばれる治療法への理解を深めるというのが、この本の特徴だ。

ここで登場するクライアントは、僕とは随分と状況が異なる。しかし、感情の自己分析が苦手である人間が、それを少しずつ改善することで生活上の困難から自由になっていくという筋立ては、自分が欲しているものにピタリと当てはまっていた。書籍の帯にあった「人を助けるひとは、なぜ自分を助けられないのか。」というコピーも良かった。心当たりがありすぎる。

認知行動療法は、ストレッサー（ストレス源）に対する「認知」と「行動」のあり方を、コーピング（意図的な対処）によって改善する手法であり、様々な精神疾患の回復をサポートするものだ。ストレスを感じた場面で、自分がどのような反応をしがちなのか。その時に頭に浮かびがちな「自動思考」を捉え、その傾向をモニタリングし、問題を生みがちな認知と行動を見直し、より良いコーピングを獲得していく。

僕の小さな一例を。子供が大きくため息をつき、「パパ、なんだか退屈だよ」とアピールしてくる。それを聞いた時、僕はついムッとしたりする。なぜ、ムッとするのか。それはどうも、「娯楽を提供できていないことを非難されていると感じる」「構われていないという抗議に感じる」「自分の時間が奪われる」「人に甘えていて自分で考えないように見えるが、大丈夫だろうか」といった自動思考が働くためだった。

だが冷静になると、子供は別に、親を非難しているわけではなく、相談をしているのだとわかる。親の時間を奪ってやろうと思っているわけでもないし、僕も24時間ずっと仕事をするわけでもない。そして、子供もまた、様々な選択肢をすでに考慮した上で、親の力を借りなければ解決できないと考えて、アイデアを求めているのだ。うむ。上手に人を頼る。その感じ、逆によし。

そこでどうしよう。「今は忙しいから、◯時からゲームで対戦しよっか」「こんな映画がやっていて、パパも見たい。予約して行ってみようか」「じゃあ、数分後に手が空いたら、授業をしよっか」「今は元気がないからパパは横になる。君も気分転換に、ベランダで外の空気にあたったらどうかな」

自分の状況を説明した上で、自分なりの提案を添える。どれも気に入らないようなら、「今日は降参。思い浮かばないや」と正直に開示し、「散歩でもすっか」と準備を始めてしまう。そうした応答をすることで、ムッとしなくなったのだ。

体験や感情について、評価を加えずに受け止め、味わい、手放すことをマインドフルネスと呼び、自らの思考の癖と、その由来を掘り下げていく手法として、スキーマ療法がある。伊藤氏の書籍を全て読み、ベックやヤングによる、各療法の原典なども読み進めていく中で、理念的に納得できたこと、それが、回復へ向かう次のステージに進むきっかけになった。

こうした心理療法は、心の歯磨きのようなものだと感じている。鏡を見て、歯（心）の状況を確認し、丁寧に磨く。毎日の作業は面倒だという気持ちも、慣れれば苦にならず、むしろ磨かないと気になるくらいだ。歯医者（精神科医）にブラッシングのコツを教われば、一生ものの技術になる。

主治医と離れ、次の病院を探している今も、大きな不安感はない。主治医から学んだ、自分への相づち方法と、書籍から学んだセルフモニタリング方法を携え、今日も人生を歩いていく。

心の歯磨き

ヒーローのコレクション、ずいぶん増えたねェ。どれが一番好きなの？
んー。やっぱりコレかな！アイヅチキャプテン！
1.
え？コレ？なんかフツーだけど。
そうなんだよ！フツーなの。でも一番強いんだよ！
2.
ダイバーマンが病気になった時、話をきくだけで治しちゃったんだよ！
3.
レイシーデビルの地球侵略を、話をきくだけでやめさせたこともあるんだよ！
4.

ボクはアイヅチキャプテンみたいに
上手に話をきける人に
なりたいんだ！
パパの話もきいてあげるよ！
ホラ！

5.

そっかー。すごくいいと思う！
じゃあパパの悩みを相談
しちゃおうかな！
いいよ！
相づちうつよ！

6.

…あの…
さっきから全然
相づちがないんだけど…
だって
パパの話
つまんないんだもん！

7.

脱皮の後に

ＴＢＳのテレビ番組『噂の！東京マガジン』内の「やって！TRY」というコーナー。信じられないかもしれないけど、アレ、２０１９年現在もまだ続いているんだね。

街行く女性に料理名だけを伝え、レシピなしで作らせるアレ。困惑しながら調理し、失敗する女性たちの姿に、ボヤキ声のナレーションがツッコミを入れていくアレ。ＶＴＲ明けのスタジオでも、料理ができない女性に対して、ニヤニヤと嘲笑的な雰囲気が続くアレ。

アレは、ある種のどっきりカメラだ。視聴者は安全なところから観察する側であり、他人の不手際をからかっていく。

僕が学生だった２０００年頃には、すでにこの番組、周囲の反応は悪かった。女性差別的であり、悪趣味であり、何より上から目線である様が気にくわないと。それでも続いているのは、それなりに人気があるということなのだろう。日曜日の昼に、家でテレビを見ている層の一部に対して。

そのコーナーで取り上げられている料理は、僕もレシピなしには作れそうにない。しゅうまい、天津飯、回鍋肉、エビチリ、酢豚、揚げ出し豆腐、いなり寿司。逆に、レシピ本やレシピサイトがあれば、たいていのものは作れるんだけど。

キユーピーが行った調査によれば、レシピを見ずに作れる得意料理が10品以上あると答える人の割合は、50％に満たないそうだ。僕も多分、同程度くらいだろう。自分のためにはほぼ作らないが、子供にご飯を作っているうちに、いくつかのレシピは覚えることができた。

けれど現代では、検索すればレシピが簡単に手に入る。

「ねぇグーグル、コロッケの作り方教えて」

Siriだろうがアレクサだろうが、親だろうが料理教室の先生だろうが、レシピを適切に教えてくれるのがよき師匠である。料理に重要なのは愛情ではなく、適切な手順なのだ。

クックドゥだってレトルトだって、なんなら出来合いの総菜だって、食事を取っている段階で花マルである。1日3食の大半をコンビニの総菜や弁当で過ごしていたとしても、江戸時代の人々より栄養バランスはマシである。

女性は料理できてなんぼ、といった価値観を再生産している「やって！TRY」は、何重にも時代遅れだ。だがむしろ、その時代遅れな様にすがりつきたい人の「癒やし空間」を提供しているのだろう。ストレス発散のために捧げられる、「ダメな若い女性」というサンドバッグ。でも目を凝らすと、そのサンドバッグに、誰かが必死にクリンチしている姿が見える。

＊

作家のレベッカ・ソルニットは、『説教したがる男たち』という本の中で、知識をひけらかし、女性に無知な聞き役を求める行為のことを、「マンスプレイニング」と紹介した。ある男性は、レベッカがあるテーマに関心があると聞くと、そのテーマについて書かれている本の内容を延々と喋り始めた。その本の著者が、まさにレベッカであるとも思わずに。男性はレベッカのことを、自分より無知な聞き手であるとみなして疑いもしなかったのだ。まさに男性（マン）は、聞きかじりの知識での説教（エクスプレイニング）を続けたわけだ。求められてもいない助言をするだけでなく、「相づちボランティア」であることを押し付けること。何度も見てきた光景だし、自分だって誰かにそうしてきたのだと思う。

例えば飲み会で、「体形が気になる」と言った人に対する、健康情報とダイエット方法の講義。何かひとつ隙を見せると、わっと群がって行われる助言攻撃。悩みや疑問を口にしたが、解説や解決法を聞きたいとは言っていない。このようなケースは何度も経験した。時には押し付ける側として。押し付けられた時は、その帰り道に、一度でも、「今日はとても有意義なアドバイスを受けたなあ」と思ったことがあったろうか。

求められていない場合、アドバイスは罪である。ツイッターでの「クソリプ」のように、負の感情を広げていく環境汚染である。

他人の自己顕示欲を満たすために、消耗する必要はない。副流煙に満たされた居酒屋を選ばない権利があるように、他人の呼気に汚されない自由が私たちにはある。

＊

剃刀メーカーのジレットが、「男らしさ」として許容されてきた暴力性を捨てようと呼びかけるコマーシャルを作った。いじめ、喧嘩、ハラスメント。こうした行為をやめよう、子供たちはあなたたちの姿を見て育つのだ。だから、そろそろやめる時じゃないかと。

ＣＭが放映されるや否や、英語圏のツイッター上では、#BoycottGillette（ボイコット・ジレット）というハッシュタグを用いた投稿が相次いだ。「フェミニストに屈したジレット」「私をダメな人間だとみなすジレットはいらない」といった文言と共に、ジレットの商品をゴミ箱に捨てる画像をアップするユーザーたち。

そうした動きに同調する人には、ポリティカルコレクトネス（政治的妥当性）とは、自分への不当な攻撃であると映る。マンスプレイニングという概念は女性の自意識過剰な被害者根性であると映る、ジレットのＣＭは男性全体への理不尽なレッテルであると映っている。もちろん、このＣＭに対しての好意的な反応も多い。好意的な反応は、#TheBestMenCanBe（男性はベストな存在になれる）というハッシュタグにまとまっており、否定的なものとくっきりと二分されている様子が、いかにも根深い。

マンスプレイニングは主に男性から女性への説教が想定されているが、同様にマッチョな男性――例えば父親や上司、教師やコーチといった立場の人――から、不当で不快な「説教」を受けた男性も多い。だから、マンスプレイニングやマッチョ主義を論じることは、男性にとっては加害性を見つめる行為であると同時に、被害リスクを「せーの」で減らす機会である。

男性らしさをひけらかすような環境から「降りる」ことは、履いていた透明な下駄を脱ぐだけでなく、誰もスケープゴートにしない環境への模様替えでもある。でも、すでに身につけた感性を手放すのはとても困難だ。

役割から降りた上での自由な会話ではなく、役割を肯定してくれる「安全な聞き手」を求める者たち。反論せず、慰めてくれる者を相手にすることで、ようやく緊張を解くことのできる者たち。反撃に怯え続けているため、無抵抗な人の「隙」を察知する嗅覚は敏感だ。

＊

「隙を見せても安全な状態」に慣れていないと、「隙だらけ」の人を探してまで依存してしまうことになる。「弱さ」を適切な形で、いろいろな人にアウトプットすること。上手に吐き出し、分散し、いなしていくこと。それには相応の時間がかかるように思う。

以前、性暴力被害についての取材を受けた。僕が学生時代に受けた、睡眠時に強制的に行われた性暴力についての話を記者にすることになった。

その時、すでに性暴力被害についてカミングアウトしていた友人に相談をした。「一度だけ性的いたずらを受けたのだが、経験者としてメディアに語ることはどうなのだろう」と。自身の体験が「性被害」にあたるのかという懸念から出た相談だった。

友人からは、「一度だけ、と言わなくていい」「いたずら、と言わないで」「性被害に大きいも小さいもない」という言葉をかけられた。

そういえばそうだ。他人の性被害については、「被害者としてのドレスコードなんて、気にしなくていい」と言っているのに、自分を測る物差しには、随分と通俗的な尺度を使っていた。

弱さを語るボキャブラリーが少ないと、「ボキャブラリーの罠」に陥ってしまう。世の中に流通している「性的いたずら」という言葉で、経験を矮小化してしまうところだった。語彙を拡張してくれる人は、いつも希少だ。

性暴力について語られる時、不慣れな人々は他人の「隙」を論点にし、「被害者としてのドレスコード」を吟味する。貧困問題でも、難民問題でもそうだ。「本当に可哀想な人として、しっかり振る舞っているかどうか」と品定めをし、少しでもほころびが見られたら、議場から追い出そうとするのだ。

「隙を見せても安全な状態」にするためにこそ、性的同意（セクシュアルコンセント）が重要になるわけだが、被害者を否定する者は、「それがあったところで被害リスクは変わらない」と考えている。そうではない。「せーの」で変えるためには、これまで自明のものとしてきた社会のあり方を疑うことが大事なのだ。伝統的な男らしさは、男たちをも苦しめてきたのだから。

＊

ディズニーのアニメ映画『シュガー・ラッシュ：オンライン』を楽しく見た。「シュガー・ラッシュ」というレースゲームの中のプリンセス・ヴァネロペと、別のゲームの悪役であるラルフが、インターネットの世界を旅する話だ。

前作『シュガー・ラッシュ』で、ラルフは自分が悪役であることに不満を抱いていた。自分は役割として悪役を演じているが、他の役割を務める自由も欲しいし、ゲームの外ではみんなと仲良くしたい。そんな苦悩を抱えているラルフが、ヴァネロペの悩みを解決することで仲間に受け入れられる。

本作では、ヴァネロペのゲーム機が壊れてしまったことを受け、修理のために必要な部品をウェブ上で探すことになる。ところが旅を続けるうちに、ヴァネロペとラルフに心境の変化が生じる。

ヴァネロペはウェブ上で知った別のレースゲームに、自分の居場所を見出す。他方でラルフは、今までと変わらない、ようやく手に入れた幸福な生活に戻ることを望む。

ヴァネロペは大都市での変化と刺激を求め、ラルフは地元での安定を求める。田舎に取り残されそうになる、マッチョなラルフ。かつての日常にこだわるあまり、ネットの世界まで壊そうとしてしまう（本作の英語タイトルは『Ralph Breaks the Internet』、すなわち、ラルフがインターネットを破壊する）。

変わりゆく少女から置いてけぼり。自分の「好意」は空回り。苛立つあまり、攻撃心を増幅させ、コピペ拡散するような振る舞いをしてしまうラルフ。その姿は、ウェブ上で女性を攻撃して回る男性的なトロール（荒らし）の姿を風刺している。愛されないなら、世界が壊れてしまえばいいという破壊衝動だ。

最終的にラルフは、あるものを「壊す」。それは「ヒーローであることへの強迫観念」だ。ヒロインの役に立たなければならないという「男らしさ」の罠は、友人の足を引っ張り、ラルフ自身を生きづらくさせていた。

本作は、これまでのディズニープリンセスが勢ぞろいしており、「強い男に幸せにしてもらったとみんなに思われている」ことを共有している。王子様は登場せず、彼女たちはアクティブに、ラルフとヴァネロペを助ける。英題からもわかるように、本作においての主人公、そして「プリンセス」はラルフである。これまでのディズニープリンセス作品への応答に留まらず、「らしさからの解放と、それぞれの自由への旅立ち」という、次のステージを描いている。

今、世界には、「既得・権益・グレート・アゲイン」な潮流が存在する。そんな世界に対して、この映画は訴えかける。誰かが、そして自分が古い殻を脱ぎすてることを怖がるな。私たちは大丈夫なはずだ、と。

本日はムリヤリ
おいでねがったことを
お詫び申し上げる。

1.

この世界は長らく
「善か悪か」派と
「敵か味方か」派で
激しく対立してきた。

2.

我々は物ごとを「正しさ」で
判断するが、彼らにとって、自らを
否定するものはすべて「敵」なのだ。
炎上だー!!
言語が違う、とさえ言える。
オーー!

3.

もはや「善か悪か」の専門家も「敵か味方か」の専門家も、お互いをつなぐことができないのだ。

4.

唯一、何かの専門家ではない、「愛嬌」のある人間だけがかけ橋になれるのだ。

5.

おぬしは彼らにとって敵でも味方でもない。
どうか、世界を救ってくれぬか。
ん〜〜〜……。

6.

わかった！今日はカラオケに行くからムリだけど、
今度救えたら救っとくネ♡

7.

香港のデモと奪われゆく日常

２０１９年8月末。ラジオ番組の取材で香港を訪れた。

この頃、香港は世界中から注目されている。香港は中国の一部であるが、イギリスから返還された経緯があり、「一国二制度」という仕組みを持つ。返還から20年以上が経ち、徐々に中国中央政府の影響力が大きくなる中で、刑事事件の容疑者の身柄を、中国などへ引き渡し可能とする「逃亡犯条例」が政治的議題となった。これを受けて、香港の自治が危うくなるのではないかという懸念が広がり、大規模な抗議活動が展開された時には、主催者発表では２００万人近く、警察発表で33万人の人々がデモに参加する事態となっていた。

そんな香港で一体どのような光景が広がっているのか。それを確かめに行くのが目的だった。

香港に着いたのは8月31日、土曜日。この日はもともと、大規模な抗議集会が開かれる予定であった。しかし、警察がデモや集会を許可せず、運動への圧力を強める中、主催者が中止を発表。抗議の模様を取材する予定だったが、空振りに終わるかもしれなかった。

また、渡航の前日。アポを取っていた取材対象者の1人が、警察に拘束されたとの知らせが入った。夕刻には保釈を知ったものの、詳細を把握できないまま、飛行機に乗ることとなった。

夏の香港は、日本と同様に気温が高く、そして日本以上に湿度が高い。急な豪雨が襲ってきたかと思えば、一気に日差しが厳しくなるなど、気まぐれな天候が続く。そうした天候であっても、街中には抗議活動に参加する市民が溢れている。

運動へのコミットを示す黒いシャツを着用し、雨傘を携える市民がそこかしこに。もちろん、黒いシャツは平凡な服装であり、雨期であるために傘を持つのも自然ではある。だが、多くの市民が、中国政府の出先機関などを目指し、歩道ではなく車道に出て歩いていた。

雨傘は香港の民主化活動の象徴である。民主的選挙を求めた14年の「雨傘運動」の折、催涙弾から身を守るために、人々が雨傘を使用したという経緯がある。もちろん、突如降る雨への備えもあるだろう。他方で、傘を持つことによってデモ隊の連帯をアピールし、規模を大きく見せるなど、示威性の強化にも繋がっている。

これまで香港政府を抗議対象としていた人々が、なぜ中国政府の建物に向かって歩いているのか。一つに、香港のキャリー・ラム（林鄭月娥）行政長官が辞任の希望を持っているにもかかわらず、中国政府にそれが受け入れられなかったという報道も関わっている。香港政府には、市民の声を聞く権限がない。だとすれば、中国政府に伝えなければならない。そんな思いが含まれている。

なお、この頃からアメリカ総領事館付近で、香港への支援を呼びかけるデモも見られている。これもまた、自分たちの行政が動かないのであれば、国際世論に訴えることが必要だという意思の表れのようだった。これは一方で、香港が、米中摩擦など様々な国際問題に翻弄されうることをも浮き彫りにしている。

＊

抗議に参加している若者たちに、「主催者が中止と発表したにもかかわらず、どうしてあなたたちは参加しているのか」と尋ねた。すると、「呼びかけ人が中止の判断をしても、デモは誰のものでもありません。誰もが主催者であり、自分たちの意思で来ました」と応じられた。確かにそうだ。デモは誰かに従って開かれるのではなく、それぞれがそれぞれの声をあげるために行うものだ。

実はこの日、街中では「行街」と書かれたビラをしばしば見かけた。デモは通常、現地の言葉では「示威」と書く。「行街」では、あくまで「通りを歩く」といった意味でしかない。これは実は、一つの戦略であった。

デモや集会の許可が出ていないので、人々は、表向きはデモを行うことができない。そこでSNSやビラで、「この日はみんなで、街に行き、買い物を楽しもう」などと呼びかけ合う。建前上は、人々は自発的に、街に散歩に来ただけだ。従ってこれは、道路使用許可が必要なデモではない、というレトリックだった。

十代の若者たちを含め、多くの人が友人や家族、恋人と「行街」に来る。中高年たちも、「若者ばかりに任せていられない」と参加する。

「行街」の大半は、ただ人々が声をあげて歩くだけだ。いや、普段の「示威」も同様だ。欧米でもよく見られるデモやパレードと変わらない。それは、多くの人々が抱く、激しい香港デモのイメージとは、もしかしたらギャップがあるかもしれない。

実際、この日も、多くは落ち着いていた。ただし、行政機関の建物がひしめき合う中環（セントラル）近辺では、散発的に激しい衝突があった。警官は催涙弾を飛ばし、照明を当てる。この日は色水を用いた放水も初めて行われた。対して市民側からも照明が当てられたり投石が行われたりした。なお、火炎瓶が投げられたりもしたが、何者が投げたのかはわかっていない。

両者を分けるバリケードが炎上し、警察が地下鉄内で市民に暴行を加えるなど、「デモ隊と警察の攻防が激しさを増している」シーンは確かにあった。香港メディアも中国メディアも海外メディアも、多くはセンセーショナルなそのシーンを切り取って報じていた。しかし、そうした場面は、街中で行われていた抗議活動の一部である。「紛れもなく一部である」とも言えるし、「一部でしかない」とも言える。

ただ、デモ隊と警察とでは、その力の差は比べ物にならない。行政は軍や警察を通じ、あるいは司法の恣意的介入を通じ、市民の生活を一変させる大きな権力を持つ。市民の行動が脱法的になった時も、それは抗議相手である権力によって拘束されることにもなる。市民と行政の力関係は常に不均衡だ。特定のシーンだけが取り上げられることも問題だが、それを解釈する際には、背後にある力関係についても理解しなければいけないと考える。

＊

僕らの到着の前日に拘束された、政治団体「デモシスト」のメンバーであるアグネス・チョウ（周庭）氏に連絡がつき、取材することができた。彼女は僕らのラジオ番組にも度々出演しており、広東語や英語だけでなく日本語にも堪能である。なお、「民主の女神」といった言葉で彼女を表現する向きもあるが、過剰にヒロイックかつジェンダライズされた言い回しであるため、僕は個人的には使わない。聞けば、2カ月前のデモを扇動した容疑で拘束。スマホなどが押収され、外出制限もかけられているという。それでも本人はうなだれることなく、取材に対してテキパキと応答してくれた。

チョウ氏を含む抗議参加者たちは、行政が「五大訴求（5つの要求）」に応じるまで、運動を続けると述べる。要求とはすなわち、「逃亡犯条例改正案の完全撤回」「市民の抗議活動を『暴動』とした政府の見解の撤回」「デモ参加者の逮捕および起訴の中止」「警察による暴力の外部調査と責任追及」「現行政長官の辞任と民主的選挙の実現」だ。民主的な行政制度であれば当然とも思われる要求であるが、それすら達成できていないとも言える。

9月になり、行政長官が改正案撤回の意向をVTR会見で示したが、他の要求に対しては応じず、「冷静な対話」を求めることに終始した。10月の議会での改正案正式撤回以降も収束のめどはたっていない。

チョウ氏には市内の公園でインタビューしたのだが、インタビュー中、複数の通行人が彼女に話しかけ、サムズアップしたり、小さな子供と写真を撮ったりしていた。社会運動が身近にあることを痛感もする。仮に言論弾圧がより強まれば、こうしたシーンが見られなくなるかもしれない。

＊

ボーン、ボーンと音がなり、催涙弾が市民に降りかかる。照明やレーザー光線が飛び交い、炎が煙を巻き上げる。前線地域で撮影と録音をしていると、抗議者や医療ボランティアが、僕たちメディアに対しても、危険だからと「慢慢後退（ゆっくり下がって）！」と声を掛けてくる。

同行していたディレクターが咳き込み、「目が痛い」と悲鳴をあげる。僕とプロデューサーは何も感じていなかったのだが、どうやら催涙ガスは、風向きや体質によって影響が異なるようだ。後退し、別の場所の取材へと移ったが、ディレクターはその後体調を崩し、夜は嘔吐を繰り返した。

僕は今まで、ラジオスタッフと共に海外に取材に行ったことはなかった。国内では北海道から沖縄まで各地を訪れているが、こうした現場を訪れたことはもちろんない。自分が行けるかどうかだけでなく、同行者の身の安全や体調などに配慮することを怠っていた。申し訳ない。

調べてみると、「催涙」という名前ではあるが、目が開けられないばかりではない。咳き込み、くしゃみ、嘔吐、皮膚の痛みなど、様々な部位に被害をもたらす。体調への影響が長引くこともあるし、肺炎や食道炎などに繋がる恐れもある。弾が直接当たることで、大怪我、場合によっては死亡にいたるケースもある。

催涙弾は、実弾などに比べて「人道的な武器」だと位置付けられがちだが、武器であることに変わりはなく、また暴力でもある。市民たちはヘルメットをかぶり、ガスマスクをし、ゴーグルをつけ、腕などにラップフィルムを巻き、手袋をつける。そうした装備は実際に不可欠なものなのだ。

*

香港の街並みは、大きく変化しつつある。中国人観光客の「爆買い」向けにドラッグストアや宝石店などが立ち並ぶ。中国からの観光収入が無視できない規模である香港にとって、一連の抗議活動は、経済的な打撃を被る行為でもある。それを理解していてなお、抗議への支持率は高い。

他方で、香港の街並みには、様々なルーツの影響が垣間見える。旧イギリス領のインド系の人々が、カレー屋や服飾店などを経営している。英語圏でもあるので、欧米文化がダイレクトに入ってくる一方、韓国文化も日本文化も人気だ。

日曜日になると、街中はフィリピン人など東南アジアの人々、特に多くの女性で溢れかえる。彼女たちは香港にメイドとして労働に来ており、休日になると街に出てくる。しかし出稼ぎ労働者として家族に送金する必要があるため、店舗やカフェにはあまり入らない。路上や公園などで、持ち寄った弁当を食べたり、おしゃべりをしたり、街頭テレビを眺めたり、露天商売を行ったりしている。

こうしたマルチルーツぶりは、香港の食文化にも大きな影響を与え、同時に変化ももたらしている。マイルドさが独特で美味しい香港カレー。東南アジアでも人気の揚げ物ファストフード。米粉の麺を焼きそばにしたようなものも美味しかったなあ。喫茶店とレストランが合わさったような店舗が香港流で、さながら名古屋めしのようなメニューが並んでいた。もちろん飲茶や氷菓子などの定番も。食事が美味しすぎて、体重を数キロ増やして帰ってきてしまった。酒はほとんど飲んでいないし、ずっと歩き回っていたにもかかわらず。

政治は日常と常に繋がっている。激しい衝突の様子だけでなく、大半の穏やかなデモの様子を。デモの様子だけでなく、大半のなんでもない日常の様子を。そうした模様を見ることで、どんな日常を守るための運動なのか、その本質がわかる。

※香港滞在中は、立教大学の倉田徹教授に案内を受けました。ありがとうございました。

香港のデモと奪われゆく日常

20XX年、国際条約によりデモ隊に対する放水や催涙弾の使用が禁止されました。

1.

翌年、ある国で大規模なデモが行われ、警察は彼らを排除するためにヘビやクモを使用し、

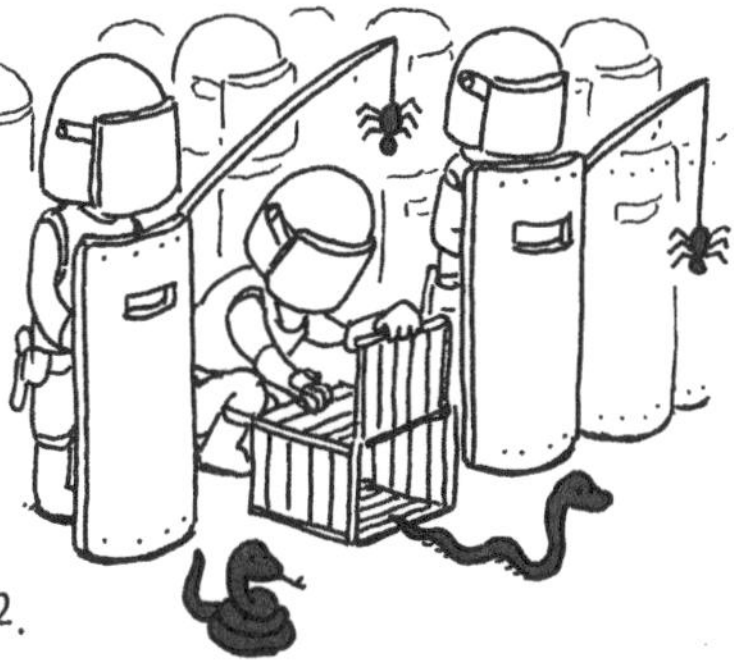

2.

対する市民はイモムシなどを警官に投げ、現場は双方の悲鳴につつまれました。

3.

罪の無い生き物を使うことに
国際的な批判が集中し、
デモ隊に対する生物の使用も
すぐに禁止されます。

4.

さらに翌年、その国の政府は
「市民の攻撃性を緩和させる」
目的で、警察に着ぐるみを
導入しました。

5.

しかし、着ぐるみの造形に
こだわったため予算がかかり、
財政が悪化し、大統領が
失脚する事態となりました。

6.

出番のなくなった
大量の着ぐるみは、
市民の手で新政府の
祝賀パレードに
使われるそうです。

7.

僕もヒーロー

先日、人生で初めて、映画の「応援上映」に行ってきた。

応援上映とは、上映中のリアクションが一定程度認められている、観客参加型のシアターイベントだ。熱狂的ファンがリピーターとなり、歌舞伎のように合いの手を入れることを楽しめる作品が、時に応援上映の対象になっている。

伝説的バンド、クイーンの歩みを描いた『ボヘミアン・ラプソディ』や、ディズニーアニメ『アナと雪の女王』のように、一緒に歌うことを前面に押し出している作品もあれば、爆音と共にディストピア的世界での冒険と暴走が描かれる『マッドマックス 怒りのデス・ロード』、インド映画として大ヒットした神話的映画『バーフバリ』などのように、絶叫や賛美を楽しめる作品もある。

アイドルの活躍と葛藤を描いたアニメ作品『KING OF PRISM by PrettyRhythm』のよ

うに、ライブに参加したファンのような気持ちを楽しめるものもあれば、アニメ『プリキュア』のように、みんなの応援でプリキュアのピンチを救えるというヒーローショーのような楽しみ方をするものもある。

応援上映が楽しいらしいというのは、以前から聞いていた。しかし、「同じ映画に何度も行くなら、別の作品を観よう」と、あえて足を運ぶということをしてこなかった。

ところが、である。

2019年4月。映画ファンにとって、あるいはアメコミファンにとって、ひとつの歴史的な大イベントが起きようとしていた。マーベル映画の集大成的な作品、『アベンジャーズ／エンドゲーム』が公開されるのである。

08年の『アイアンマン』からはじまったMCU（マーベル・シネマティック・ユニバース）と呼ばれる複数のヒーロー映画は、それぞれが複雑に物語をリンクさせながら、21本もの映画作品を世に出してきた。スピンオフとなるドラマも複数作られ、全作品を追おうとすると、100時間以上は必要になる。

この作品群を11年間追ってきた者にとって、『エンドゲーム』は特別だ。とても待ち遠し

おそれいりますが
切手を
貼ってください

101-0047

東京都千代田区内神田1-13-1-3F
暮しの手帖社 行

書名	**みらいめがね2　苦手科目は「人生」です**
ご住所　〒　　－ 電話　　－　　－	
お名前	年齢　　歳 性別　女 ／ 男
メールアドレス	ご職業

アンケートにご協力ください

本書をどちらで購入されましたか。

・書店（　　　　　　　　　　　　　　　）
・インターネット書店（　　　　　　　　　）
・その他（　　　　　　　　　　　　　　　）

本書の感想をお聞かせください。
（小社出版物などで紹介させていただく場合がございます）

雑誌『暮しの手帖』はお読みになっていますか。

・いつも読んでいる　・ときどき読む　・読んでいない

今後、読んでみたいテーマは何ですか。

ご協力ありがとうございました。
アンケートにお答えいただいた個人情報は、厳重に管理し、小社からのお知らせやお問い合わせの際のご連絡等の目的以外には一切使用いたしません。

い気持ちもあるが、長い間応援してきたアイドルが引退するような、複雑な感情がある。僕も公開初日に観に行き、またその数日後に観に行き、感極まって咽《むせ》び泣いてしまった。

この作品を、この熱量で、ほかの観客と共有しながら、大スクリーンで観ることができるのは今しかない。映画館だからといって感情を抑えるのではなく、もっと大きくリアクションしながら、作品を全身で味わいたい。そうした思いでいた時に、応援上映決定のニュース。迷うことなくチケットを買っていた。

＊

『エンドゲーム』は、『アベンジャーズ／インフィニティ・ウォー』という作品の後の時間を描いている。『インフィニティ・ウォー』では、宇宙の生命の半分を消し去ろうとする最恐のヴィラン・サノスに対し、多くのヒーローたちが全力で宇宙を守ろうとするが、圧倒的な力の前になすすべなく「ガチ全滅」するという内容だった。

応援してきたヒーローたちの無残な姿に、映画館を後にする客たちは悲痛な表情を浮かべていた。泣き崩れるファンもいたし、僕もしばらく席を立つことができなかった。

『インフィニティ・ウォー』は、本当によく考えられた構成になっている。アベンジャーズというヒーローチームの中でも、特に強いキャラクターから「敗北」させていくことで、絶望感を演出していった。コミカルなキャラクターたちの冗談も、今回ばかりは通じない。ヒーローたちはそこからどのように逆襲するのか。あらゆる予想談義がネット上で交わされた。

その続きとなる『エンドゲーム』は、他の映画以上にネタバレについての注意喚起がなされ、「観るまではソーシャルメディアを使わないように」という公式のお触れも出た。上映の数日前に、海賊版がウェブ上に出回るという惨事が起きたり、「エンドゲーム楽しみ！」というような書き込みをしている人に対して、わざわざネタバレのリプライを送るようなクソ野郎愉快犯も現れたため、#dontspoilendgame（エンドゲームを台無しにしないでください）というハッシュタグも作られた。

マーベル映画を配給しているディズニー社のネタバレ対応ぶりは半端ではない。パンフレットに解説記事を書くライターにすら映画の内容が知らされない。そのためパンフレットには、原作者のスタン・リーを褒め称える記事、アメコミ原作ではこうなっていますという記事、ファンにとってどんな10年間だったかという記事などが掲載されており、ライターたちの苦労が偲ばれた。

さらには、出演者に対しても情報の管理が徹底された。ある役者には、撮影前にセリフだけ伝えるも、誰に向かって話しているのかは伝えなかったという。あるいは、同じシーンをあえて数パターン撮って、どれが本当のシナリオなのか、どんなエンディングなのかをわからないようにしたというエピソードもある。

どこまでが本当で、どこまでが公式に流されたジョークなのかはわからないが、そのような逸話のいずれもが、ファンを喜ばせると共に、上映開始を待ちわびる材料にもなった。

また、3時間を超える大作ということもあり、トイレが近くならないよう「前夜から飲食は控えて」という、監督からのアナウンスもあった。実際、僕の友人は大人用オムツをはいていった。中座の心配からは解き放たれたが、オムツを大きなパックで買ってしまい、残りのオムツをいつ使うべきかという悩みを抱くようになった。

これだけ、自ら事前に期待値を上げる作品もないだろう。「全米が震撼した」とか「4回泣けた」といった煽りはあるが、作品の素晴らしさについては言わずもがななので、100

%のコンディションで来てほしいとアナウンスする、王者の風格である。

これぞというヒーロー映画を観る時は、僕は六本木の映画館に足を運ぶ。外国からの観客が多いため、「HAHAHA!」「Oh……」「YEEEES!」といったリアクションがシアターに溢れる。レスポンスは控えるもの、という暗黙の空気が多くの映画館を支配している中、堂々とリアクションができるのは気持ちがいい。

また、時折挟まれるジョークや、他の映画からの引用などに対し、他の観客がする「わかってる」という反応も楽しい。自分がリアクションできなくても、他の人が反応していたシーンについては、帰ってから調べてみて「そういうことだったのか」と学習することもある。

そしてヒーロー映画を観に行く時は、自分なりの「正装」をしていく。帽子、シャツ、靴、カバンからアクセサリーまで、その映画のキャラクターにちなんだアイテムで身を包むのだ。僕が映画を観るのは、大半は深夜のレイトショーになるのだが、それまで一日中、気分を高める役割もある。同時に、その日は、クリエイターたちに敬意を表し、時間を捧げるのだという宣言。通りすがりの人々からどう見られようと、その日の僕の頭の中はヒーローでいっぱいである。ファッションにおいて「好き」は片思いで、「似合う」は両思いだというようなコピーがあったが、それだけがファッションではあるまい。自分の彩り方を決めるのは自分だ。それもヒーローたちが教えてくれたことだ。

*

僕が参加した応援上映では、多くの人がキャラクターグッズを身にまとい、中にはコスプレで参加する人も複数いた。僕もコスプレで参加しようかと迷ったのだが、暑い日だったので控えたのが少し悔やまれる。

既に一度は映画を鑑賞したであろう観客ばかりだったので、合いの手も完璧だった。次々にキャラクターの名前が叫ばれ、コール・アンド・レスポンスが成立した。テーマソングが流れることで手拍子が発生し、名セリフの後に歓喜したりする。ここぞというキャラクターの挙動のひとつひとつ、構成のひとつひとつに、息をのみ、感嘆し、落涙する。

一例を。

映画を観る際には、「反復に注目せよ」というお約束がある。同じセリフや行為が繰り返されたら、その意味内容の変化に着目せよというサインだ。通常はひとつの映画の中でそれを行うのだが、『アベンジャーズ』では数年越しでの「反復」を演出してきた。『スパイダーマン：ホームカミング』という作品は、伯母に育てられたピーター・パーカー（スパイダーマン）が、自分の才能を見出してくれたトニー・スターク（アイアンマン）に、父に対するような憧れを抱く物語だ。その冒頭で、トニーが車のドアを開けてピーターを帰そうとするシーンがある。車の後部座席で、相手側のドアを開けて帰そうとするトニーの仕草を、ピーターはハグかと勘違いするという冗談があった。

その続きの物語であった『インフィニティ・ウォー』では、サノスに「敗北」した際、ピーターがトニーに抱きつき「ごめんなさい」と述べるシーンがある。トニーはピーターを強くハグしようとするが、願いも虚しく二人は引き離されてしまう。ここでトニーは、ピーターという息子（キッド）を「失う」という体験をする。

こうした反復があったからこそ、『エンドゲーム』を観る者は、トニーとピーターの「ハグの反復」があるかどうかに大いなる注意を向ける。応援上映の会場は、そうした細部への注目を、他の観客も共有しているという一体感を覚えられる、同志ばかりの憩いの場だった。

＊

『エンドゲーム』では、復讐劇を期待した観客を、早々に「裏切る」仕掛けがある。「敗戦」のトラウマを抱え、大事な人を亡くした主人公たちは、それぞれの「戦後」を生きる。こうした描写が、一連のシリーズをただのアクション映画としてではなく、生き方のロールモデルをめぐる群像劇に仕立て上げている。

自分にとって憧れのヒーロー、共感できるキャラクターが描かれることで、勇気付けられる人は多いだろう。ファルコンやブラックパンサーといった黒人ヒーローの登場、あるいはキャプテン・マーベルといった女性ヒーローの登場は、人々を鼓舞するだけでなく、物語に深みをもたらした。

僕のお気に入りのキャラクターはアントマン（スコット・ラング）。大学院を出たが、職は不安定で、離婚経験があり、子供を愛している。キャプテン・アメリカ（スティーブ・ロジャース）への憧れを強く持っており、自分はヒーローとしては対等ではないと一歩引いているが、人に頼られたらノーと言えない。陽気にギャグを飛ばすよりも、周囲の陽気キャラに振り回されたりいじられたりするポジション。それでも、自分にできる役割を最大限の熱意で果たそうとするのである。まあ、自分にそっくり。一番共感できる、マイヒーローだ。

応援上映では、冒頭の特別ムービーで、「君もアベンジャーズだ」という呼びかけがあった。このセリフは、作中でも何度か使われたものであるが、MCUの特徴をよく表してもいる。誰もがその人なりのヒーローを持っていて、誰でもヒーローになれるのだと。

そうしたキャラクターたちのグッズを、今では街中で見ない日はない。グッズなど、「好き」なもので身を包むことは、ファンにとっては癒やしを得る行為にもなる。パソコンやタブレットの壁紙を好きな画像にしたり、小さな人形をデスクの上に置く。それだけで、自分なりの心理的なテリトリーを守れるような気もする。

僕は今日もグッズを身につける。地球規模ではないとしても、心の平穏を守るために。

僕もヒーロー

ボクは、ヒーローだ。

おじいちゃんから受け継いだ
このボタンを押せば、
スーパーヒーローに変身できる
んだ。

1.

でもコレ、1回しか使えないんだ。
だから、本当に世界があぶなく
なった時でないと、押すワケには
いかないんだ。

2.

「その時」がくるまでは、今のままで
どうにかするしかない。
だから今は、ヒーロー映画を観て
イメージトレーニングしてる。

3.

ボタンを持っていたおじいちゃんは、戦争に行ったり、いろいろ大変だったのに、結局ボタンは押さなかったんだって。

4.

でも、「このボタンのおかげで、ヒーローにふさわしい人間にはなれたと思う」って言ってた。なんか、かっこいいよね。

5.

それはそうと、世界を救った後何てコメントするか考えとかなきゃ。ヒーローと言えば決めゼリフだからね。

6.

「その時」がくれば、ボタンの裏に書かれた謎の呪文の意味もわかるだろう。

7.

自虐の落とし穴

人を呪わば穴二つ。

他人を呪って殺そうとすれば、自分もその報いを受けることになるため、墓の穴が二つ必要になるという意味の故事だ。人を陥れようとすると、自分にも悪いことが訪れる。だからやめましょうねという意味合いで使われることも多い。

最近、僕はこの言葉を、自虐もまた呪いだよなという文脈で捉え直している。「自分なんて」と謙遜や自虐を重ねると、聞かされるほうは、その水準に達するのが当然と思い込まされ、ひいては社会の採点基準も厳しくしてしまうのだと。

この身を呪わば穴二つ。

一つだけ穴を掘り、自分だけを落としているようでいながら、実はもう一つの穴を掘って誰かを落とそうとしてしまっている。その穴に、自分の子供世代の人たちを落とすのは、やはり嫌だなと思うのだ。

身近な人とお酒を飲むときも、過剰な謙遜や、その人自身の体形や年齢を自嘲されると、返し方に困る時がある。

例えば、待ち合わせで、「すっぴんでごめんね」と謝られた時。腹をポンポン強調して、「ここには夢も脂肪も詰まってるぞ」などと言われた時。「私はもう年だから無縁だけどさ」と、エクスキューズをつけながら話された時。本人がそれをよしとして語っているのだとしても、その土俵に上がってリアクションをしなくてはならないので、消耗してしまう。

身近な相手の場合には、ホイッスルを吹く真似をして、「ピピー！　こちら自虐ポリスです！　これより自虐や他虐トークは禁止とさせていただきます！」と宣言する。モードチェンジが難しい相手であれば、静かに席を外すこともある。

こういう対応が可能なのも、僕が会社などに属していない、容易に特定のコミュニティーから離脱可能な立場だからなのだろうなと思う。自虐、他虐モードが蔓延する環境にいると、「相手にエクスキューズを入れないと、会話を進めることができない」という難儀な癖を身につけてしまう人がいるのだ。そして職場などの環境によっては、そうした自虐をフォローし続けなくてはならない人だって、いるのである。

＊

太っている体を恥ずかしいものだとする「ファットシェイミング」や、体の特徴を恥ずかしいものだとする「ボディシェイミング」。これは体形についてのいじりや批判であり、侮辱でもある。こうしたトピックスについて、アメリカなどでは今、繊細な議論が展開されている。

トーク番組の人気司会者で、自身も長らく大きな体形であるジェームズ・コーデンは、太ってる人は嗤《わら》われるべきだという主張に応答する形で、「ファットシェイミング」について次のように語った。「太った子を嗤うことで肥満が治るなら、学校に太った子はいなくなっているはずだ」

いじめは、ただのいじめでしかない。太った人を辱める効果はあったとしても、貧困や遺伝を改善して肥満をなくす力はないと。そうだそうだ。こうしたハラスメントは、「失敗したアドバイス」ですらない。相手をからかうこと、恥ずかしがらせることが目的なのだから、いくら助言だったのだと言い訳されたって、誤魔化しきれやしない。

自虐を含めて、人の特性を嗤うことに、どのような力があるのだろうか。その瞬間ごとに、人々に笑いをもたらすのかもしれないが、それは同時に呪いまでもたらしてはいないだろうか。

デブ。ガリガリ。ブサイク。ブス。声が変わっている。身長が低い。自意識過剰。出っ歯。ハゲ。肌が荒れている。こうした要素は武器になるのだと、漫才やコントでは歓迎される。虐げられた側からの逆転劇を目指す人にとって、そのことは救いにもなるだろう。そう。笑いには、虐げられてきた者たちが、その言葉を利用することでコミュニケーションの場をコントロールし、這い上がるような力もある。しかし一方でその自虐をネタにする行為は、何かを嗤ってよいのだという空気を強化するものにだってなる。さらに、「他人のからかいに対しては、上手に返すことがスマートなコミュニケーションだ」という価値観をも育てていく。

こうしたコミュニケーションのモードを築いているのは、テレビだけだろうか。いや、それを視聴しながら投稿されるツイッターだろうが、フェイスブックだろうが、それらも既に

「テレビ圏」の中にある。もちろん、TikTokやユーチューブといったネット動画も、間違いなくテレビの子孫である。テレビ番組が頻繁にシェアされるというだけではない。そこで行われているコミュニケーションには、テレビ的なノリに育てられた価値観が深く浸透している。

ユーチューバーたちの人気コンテンツ、ドッキリ動画やチャレンジ動画、アイテムのレビュー動画やお出かけレポート動画……。何を題材に選び、どのように料理するかは、作り手たちの社会観が影響する。

TikTokのちょっとしたダンス動画や振り付け動画のコメント欄にも、人の見た目や年齢を評価するものが多い。だから若い人であっても、自衛のために自虐を挟む。「すっぴん失礼」「あたしブスすぎ」とエクスキューズするコメントを見ると悲しくなる。

逆に、「ブス」「デブ」をネタにする投稿者も山ほどいる。「こんな人はやばい」「こんな人いるよね」的なあるあるネタは、嘲笑の対象を確認し合う作業にもなっている。ファットシェイミングもボディシェイミングも、容姿による差別である「ルッキズム」も、年齢によって人を差別する「エイジズム」も、しれっとあちこちで増産されている。

「〇〇シェイミング」という言葉は、数多く生まれている。例えば女性の場合、「スラットシェイミング」と呼ばれる攻撃もある。「スラット」とはだらしのない女という意味のスラングで、社会が押しつける性的な規範に従っていない女性を非難するものだ。そうした服装をしている人は道徳的・知性的に劣っており、性被害にあった女性はふしだらな服装をしていたからだ、というような主張だ。

＊

シェイミング空間に疲れた僕は、しばしば、丁寧に作り込まれた映画やドラマに逃げ込む。だがそこでも、身体描写だけでなく、恋愛規範についての描写も気になったりする。あまりに「特定の恋愛の形」をネタにした描き方が多いということだ。

若い、健常者で、日本人である、男女同士が、結婚を目標としながら、交際するとかしないとかのやりとりを交わし続ける、あれ。そうした作品群にはしばしば、障害者、性的少数者、多国籍、多宗教の問題が抜け落ちてきた。だからこそ、海外ドラマ『glee《グリー》』を見たときは衝撃だった。高校の合唱部を舞台に、多様な背景を持つ者同士がぶつかり合う模様が丁寧かつコミカルに描かれる。このドラマをきっかけに、僕は海外ドラマにはまっていった。

とはいえ海外ドラマでも、多くが一対一の恋愛を前提としていて、相手に対して「よそ見をするのはやめてよ」と要求することが必然にもなっている。嫉妬と駆け引きがドラマのスパイスになり、相思相愛になると停滞であるとすら位置付けられる。

こうした、当たり前とされてきた描写がより引っかかるようになったのは、僕自身が今、「非《ノン》モノガミー」であることを説明し、それを理解してくれた方とのみ、恋愛関係を構築するというスタイルを選択しているということもある。

「モノガミー」とは単数婚を意味する言葉で、一対一の排他的な恋愛婚姻関係のことを指す。一般的な対義語は「ポリアモリー＝複数愛」で、複数の相手と恋愛関係を持つことを指す。

なぜ自分を「ポリアモリー」ではなく「非モノガミー」と位置付けるのかといえば、あえて複数の相手と関係を築かなければ満たされないというわけではないものの、排他的な束縛を相手に行うことも、相手から束縛されることも望まないからだ。寂寥《せきりょう》よりも義務のほうが、孤立よりも不自由のほうが、僕にとってはしんどいのである。

とはいえ不特定多数と関係を持ちたいわけでも、「ハーレム願望」があるわけでもない。嫉妬を全くしないというわけでもなければ、一人に絞れないほどの「恋愛体質」というわけでもない。相手や周囲に、ずっと好きでい続ける、ずっと共に居続けるという、「できない約束」をしたくないというのが大きな理由である。

日本では、一人の相手とのみ恋愛すべきという「モノ規範」や、恋愛・結婚・生殖を三位一体のものとして見なす「ロマンティック・ラブ・イデオロギー」、セックスは結婚内においてのみ表現されるべきとする「夫婦家族制イデオロギー」、男女の役割を区別する「性別役割分業」、そして結婚して子供を作ることこそが望ましいとする古典的家族観も根深い。

テレビや週刊誌では、婚外恋愛や複数恋愛をスキャンダルとして扱い、当人同士がそれをよしとしていたとしても暴いて叩く。それは当人たちのためではなく、社会規範のためとも言える。このように、モノガミーでないことを叩く記事や表現は山ほどあるものの、モノガミーでない人の葛藤や工夫を扱う作品は圧倒的に少ない。

そんな中で、僕が一時期読みふけったのが、平塚らいてうが編んだ雑誌『青鞜《せいとう》』に関する資料群だった。文学そのものや作家の人生を、自分のこととして読むというのは久しぶりの体験でもある。

『青鞜』の作品には、「貞操とは何か」を論じたものも多いが、編集や執筆に関わったメンバーの中に、岡本かの子や伊藤野枝をはじめ、少なくない人物が複数の相手と同時に付き合うこと、すなわち「非モノガミーな状態」を生きていた。

戦う新しい女というイメージとは裏腹に、「自由恋愛」について語る言葉は、少なく、未発達で、矛盾に満ち、弱々しくもある。それが逆に、無責任、手当たり次第、傲慢というイメージと異なり、一人一人が困惑しながらも、心の乱調と向き合ってきたことを想像させる。『青鞜』は、平塚らいてうと森田草平との「心中未遂」が、男性中心の既存メディアで面白おかしく書きたてられたことから出発している。スキャンダルを求めるメディアとの、読者との、世間との戦いであった。それから百年経とうと、スキャンダリズムの勢いは変わらない。

あるべき形の性愛から逸脱したものは、シェイミングの対象として攻撃される。だからといって自分まで、外から与えられた言葉、あるいは攻撃を先回りした言葉で、語らなくてもいいのではないか。自分を「ゲス」「クズ」「ビッチ」とか、シェイミングの言葉で語ることは、自分にも周囲にも不健全ではないかと思うようになった。

＊

最近はマッチングアプリが発達してきて、それぞれの好みに応じた出会いを実現しやすくもなっている。ただ、実際に使ってみると、「真剣に探してます（シリアスリレーションシップ）」という言葉で、刹那的あるいは非モノガミーな出会いを、「真剣でない、不埒だ」と位置付けるものもよく目にする。非モノガミーの僕だって、真剣ではあるのだが。シリアスという言葉が一対一を前提としているなあと思う。

他方で、「年齢＝恋人いない歴です」「年も年なので焦ってます」「あまりに仕事に打ち込んでいる姿を見て心配した友人から勧められて」「バツイチでもいい人」「太っていても気にならない人」「いい加減に落ち着きたくて」といった、自虐につながるような自己紹介も多く目につく。本当にあちこちに穴が掘られているんだな。シェイミングや自虐に対して敏感になった僕は、さりげないプロフィールに対しても、そのように感じる。

「恋愛は社会に受容された狂気だ」というセリフが、『her／世界でひとつの彼女』という映画に出てくる。ちなみにこの映画は、ＡＩに恋をするという物語だ。社会が受容できる狂気は、まだまだ狭いが、いずれはもっと拡張されていくのだろうか。ひとまず僕は、自分の狂気を、自分の内側では受容していこうと思ってはいる。

自虐の落とし穴

ハーー。
人の社会が
醜く見える…
1.
…人は、いいかげんな
ものなんだよ。
2.
自分で言ったことさえ
守れない時もあるし、
善悪も、ユーモアの基準も、
世相や体調でコロコロ変わって
しまう。
3.
みんな、
自分に都合のいい価値観を、
なんとなく正しいと思ってる。
4.

でも、人のいいかげんさに傷ついた人々を救うことができるのは、やはり人のいいかげんさなんだと思う。
……

5.

傷つける言葉を減らせないとしても、救う言葉を増やすことならできるんじゃない？
……例えばどんな言葉で？

6.

……えーっと……今は思いつかないケド……
……いいかげんだなァ……

7.

耐えるのではなく変える

少し前から、学校の校則を改善する運動に関わっている。校則問題に関わるようになったのは、ちょっとしたやりとりからだった。

2017年。大阪で、生まれながら髪が茶色である少女が、学校側に黒染めを強要されたとして、裁判を起こした。そのニュースを知ったNPO法人キッズドア代表の渡辺由美子さんが、メッセンジャーで話しかけてきたのである。

彼女の活動は、貧困状態にある子供たちの学習支援。僕とは時々チャットなどで、教育問題に対する雑談を交わしていた仲でもあった。

ただでさえ生活が大変な状況にある子供や親が、理不尽な校則に振り回されている。新入生は真新しいカバンでなければダメだの、学校を休む時は電話連絡してはならず連絡帳を他の生徒に託さなくてはダメだの、雑巾は手作りせねばならず店で買った物ではダメだの。そんな実情を肌で感じていた渡辺さんだが、ニュースを見て怒髪天を衝いた模様。どうしたらこのような事例をなくせるのか、とりあえず署名活動を始めようと思う、と彼女は言う。対して僕は、このケース以外の実態調査や事例報告などがあると良いのではないか、それを記者会見で発表すれば、より多くのメディアが取り上げてくれるだろうと提案した。雑談のつもりが、あれよあれよと話が進み、校則改善のためのプロジェクトを立ち上げ、リサーチャーとして関わることになった。

僕は普段、「ストップいじめ！ナビ」というNPOの代表を務めている。周囲のNPO関係者と会話する時、「誰かが、これやればいいのにねぇ」「まったく、分かってないねぇ」といったやりとりは行われない。それぞれが「言い出しっぺの法則」を自然に身につけていて、何か課題を感じた時、まず自分に何ができるか、どんなアイデアなら実現できそうか検討する。

その上で、「今すぐできるもの」「予算がなくてもできるもの」「一人でもできるもの」であるか、「今すぐは難しいもの」「予算が必要なもの」「チームが必要なもの」であるかなどを考えながら、必要に応じて、資金集め、仲間集めを行い、段階を分けた発信手段を考えていく。
プロジェクトに関わるみんなが、「世の中はどうせ、こんなものだ」などと思っていない。社会は変えられると信じているし、何かをおかしいと思ったら、システムを変えていこうと考える。社会へのちょっとした違和感には、より生きやすい社会を作るためのヒントが詰まっていると信じている。

＊

スカートの長さを規定する。髪形を指定する。下校中の買い物を規制する。下着の色が決められている。防寒のためのマフラーやタイツなどを禁止する。給食を残してはいけない。眉毛を剃っては（手入れしては）いけない。チャイムの前に着席しなくてはならない。制服はおさがりではいけない。学校に辞書や教科書を置いて帰ってはいけない。

僕らは、２０１８年にアンケート調査を行い、その結果を見て驚いた。30代の僕が子供だった頃と比べても、今の10代のほうが、全国的に校則が厳しくなっていることが分かったためだ。先に挙げた規則や禁止事項について、「経験した」と答えた人の数は、なんと、この

20年でいずれも増加していたのである。

調査をする前は、「校則は全体として改善され、自由になってきているが、まだまだ問題が残っている」という結果になるかと思っていた。それがまさか「校則が全国的に、どんどん厳しくなっている」という結果が出ようとは、思いもよらなかった。１９８０年代に問題となった管理教育が、実は年を追うごとに進行していたことに驚いたのだ。

「こんな現状をどう思いますか?」

データがあれば、事実を元に問題提起ができる。こんな校則が全国に広がっているようですが、それってどう思いますか、と。

僕は「これらの校則は理不尽だと思う」という立場で、メディアで問題提起をし、記者会見を開き、文部科学省に改善を訴える署名を提出した。そうした動きが功を奏し、調査内容が国会で取り上げられ、「生徒が参加した上で、校則を決めるのが望ましい」という文科相の答弁が引き出された。大手新聞社の取材に応じ、何度も特集が組まれ、校則の改善や一般公開を宣言する自治体もポツポツと出てきた。

若者だけでなく、中高年の人々からも、「私たちが理不尽に思っていたあの校則が、まだ残っていたどころか、厳しくなっているとは」という声が多く上がった。議論が盛り上がる、一定の力添えはできたのではないかと思う。その一方で、いまだに根強い反発もある。

＊

私たちは誰しも、人権を有している。表現の自由や移動の自由、財産の自由など、様々な自由を持っている。これは、覆してはならない大前提である。

その上で、相当に合理的な理由があれば、時には法律によって、個人の自由が縛られることがある。表現の自由はあるけど、犯罪予告をするのはダメですよ、なぜならそれは、他人の人権を侵害するからですよ。移動の自由はありますが、車で歩道を走っちゃダメですよ、なぜなら事故につながるし、他人の安全な移動を邪魔しちゃいますから、という具合に。

逆に言えば、よほどの合理的な理由がなければ、個人の自由を縛ってはいけない。その合理性を問うために、例えば法律を作る国会では、時間をかけて、一つ一つの法律案を、国民の代表が議論することになっている。

でも校則や社則は、法律と違って、適切な議論のプロセスを経ていないものも多い。長い時間もかけていないし、決めるまでの議事録も、大抵残っていない。民主的（学生主権的）な手続き抜きに、校長など、学校側から一方的にルールが設けられることも多い。そして決定から時間がたつにつれ、誰が何のために設けたルールなのか、またそのルールが本当にベストなのかという視点が抜け落ちてしまう。

そのくせ校則などのローカルなルールの多くは、他人の自由を具体的に縛るものだ。服装や髪形の規定は、表現の自由への制限になる。他のクラスの教室に入ってはいけないという校則は、移動の自由の制限になる。人の自由を縛ろうとするなら、縛る側がしっかりと理由を説明し、その上で縛られる側の納得がなくてはならない。

しかし多くの校則は、自由を縛るものでありながら合理的な説明ができず、そればかりか、しばしば相手を無理やり沈黙させる。大人に逆らうのか、他のみんなは守っているぞ、文句を言うと内申書に響くぞ、生活指導の対象にするぞ、とばかりに。

僕が校則の問題を重視するのは、この点だ。校則は間違いなく、悪しき「ヒドゥン・カリキュラム（隠れた教育課程）」になっている。

＊

校則が持つ、隠れたメッセージはこうだ。みんなと同じように振る舞え。秩序を乱すな。変に目立つな。外見で個性を出そうとするな。作文で褒められる程度の個性でいろ。他人に面倒をかけるな。大人が求める「いい子」でいろ。

校則にはさらなるメッセージもある。理不尽には慣れろ。権威に従え。長いものには巻かれろ。文句を言うな。声を上げるな。周囲の人間が、「ふつう」から逸脱していないか、それぞれが監視し合え。

理不尽な校則を見直そうという活動をしていると、しばしば「社会は理不尽なもの。無菌室で育てたら社会に出られない」というレスをもらう。校則をなくしたくらいで無菌室になるほど世界は甘くはないのだが、ともあれそうしたコメントの主は、なるほどヒドゥン・カリキュラムの効果を、身を以て証明してくれている。社会が理不尽ならば、変えるのではなく慣れることが大事なのだと、その人は学んでしまったのだ。

校則は実際、子供のためではなく、管理者の都合で作られている。そして子供たちに、理不尽を受け入れろと、毎日伝えてしまっている。

校則の実態を調査している時、「校則について、その理由を聞いたら怒られた」「校則を変えようとしたら教師に妨害された」という声を多く聞いた。また、全国の校則を調べていると、そもそも「校則の改定条件」が示されていない学校がほとんどであることが分かった。つまり、生徒たちが校則を見直すことが想定されていないのだ。このような実態は、「世の中はどうせ、こんなものだ」という意識を、子供たちに植え付けてしまう。

社会に理不尽なことがあるなら、それに疑問を抱き、改善できる人になることが重要だ、と僕は思う。おかしな校則でも守るべきだと学んでしまえば、社会での理不尽に潰されてしまうかもしれない。だから僕らは、校則を変える運動によって、ヒドゥン・カリキュラムをアップデートしたかった。「理不尽は慣れるもの」ではなく、「理不尽は変えるもの」という意識を育てるためだ。

最近は選挙権年齢も下がり、学校では有権者としての意識を育てる「主権者教育」に力を入れようという声が強い。しかし、有権者としての意識は、何かしらの授業を受けさえすれば身につくというものではない。学校そのものが、民主主義のお手本にならなくてはならない。その学校で、非民主的な校則を導入しているのは、明らかな矛盾だと思うのだが。

校則を変える運動では当初、「ブラック校則」という名称を作り、用いていた。ある日、アフリカ系にルーツを持つ子の親から、「ブラック、という言葉に、否定的な意味を付けられるのは、心配があります」と話しかけられた。なるほど。名称そのものが、偏見を再生産するヒドゥン・カリキュラムになってはいけない。無自覚さを反省した僕は、「ブラック校則」という呼び方を改め、「問題校則」と呼ぶことにした。もっといい名称があれば、そちらに変えるかもしれない。

＊

校則は、僕にとっても、不幸を生む装置だった。

友人を多く作るタイプではなく、ゲームや読書が好きだった僕。もし学校にゲームや漫画を持ち込めたなら、一人で愉快に休み時間を過ごすこともできただろう。でも校則によれば、「ゲームや漫画などの私物は持ち込み禁止」。ソロで時間を過ごす手段は、無残にも奪われた。

小学生の頃、それでも仲の良い友人が一人いた。彼とは5年生の時に、クラスが離れてしまった。休み時間のたびに彼と遊べれば、教室でいじめられていても気が紛れたろう。でも校則によれば、「廊下でたむろしてはいけない」「他のクラスの教室に入ってはいけない」。あくまで自分の教室で過ごすことを、学校に強制されていた。

それでも放課後、家に帰ってゲームをしたり、時代劇を見たりするのが生きがいだった。しかし中学生になると、「部活動は強制加入」。夕方遅くまで学校にいなければならず、自分らしく生き生きと過ごす時間が奪われた。

趣味に興じることもできず、教室からの脱出も許されない。何も持たず、クラスメートと、「仲良く」することを求められる。そんなコミュニケーション空間では、体育会系より文化系が不利ではないか。しかも「人とつるまず一人でいるのは、人として未熟で寂しいやつ」というソロ差別まで付いてくる。こちとら一人で本読みながらご飯を食べることが、心底好きなだけなのに。

なお統計的には、日本の学校では休み時間の教室で、いじめが最も起こりやすい。そりゃそうだ。そうしたいじめ空間を、校則が率先して作り上げてしまっている。そんな教室で唯一、人ともつるまず過ごす手段は、ずっと寝たふりをするくらいであった。

大人になって、勉強をして、あらゆるものが政治と無縁ではなく、すべての行為に隠れたメッセージが含まれていると学んだ今の頭なら、小学生・中学生の頃にタイムスリップしても、教師に言い返すことができるだろう。とはいえ、あの空間にまた戻りたいとはまったく思わないし、実際にはタイムスリップすることもない。

でも代わりに。かつての自分でも過ごしやすく感じられるような、今の自分でも納得できるような、そんな教育空間に変える手助けができればと思う。過去への復讐？　過去の自分救済？　それもあるかもしれない。でも、知ってしまった。理不尽は、やはり「言い出しっぺの法則」で改めていったほうが、気持ちがいいものなのだと。

耐えるのではなく変える

校則に納得できません！
「郷に入れば郷に従え」だ。慣れなさい。
1.
…そうですよネ…人間、背負うものがあると大変ですよネ。お察しします。
ウム。
2.
…しかし我が家には代々「納得できない規則には従ってはならない」という規則があり。

それは校則より上位の規範にあたります。
3.

4.
私の一族はそれぞれの時代、
それぞれのやり方で、
5.
「納得できる世の中」をめざして、
ずっと闘ってきたのです。
6.
残念ながら、私はこれから
あらゆる手段を使って、校則を
変えていただけるよう、働きかけて
いかなくてはなりません。
7.
…背負うものがあると
大変ですよネ、
お互い。
そ…そうネ…

味をしめる

土曜日のスーパーで夕飯の買い物をしている時。乳製品コーナーにて、娘が聞いてくる。

「ブルガリア、買っていい?」

もちろん、バルカン半島に位置する共和制国家のことではない。娘の中では、飲むヨーグルト=ブルガリア、という公式ができあがっており、いつものあれを飲みたいという意味である。いいよ、買おう、と応じると、息子も重ねて言う。

「キッコーマンも飲みたい」

僕の中では、キッコーマンといえば醤油、というイメージなので、醤油をごくんと飲み、喉が辛くなるイメージが頭をよぎる。しかし息子にとっては、キッコーマン=豆乳。作り置きの麦茶ほどがぶ飲みできない、少し特別な飲み物、という位置づけのようだ。

同じ言葉でも、使う人によって意味が変わる。子供は子供で、親とは異なる、自身の語彙世界を生きている。

人によって大きく意味の変わる言葉の一つに、「料理」がある。

手に持つスーパーの籠の中には、レトルトパウチのカレーが入っている。温めればそのまま食べられる便利アイテムで、だいたい家に常備している。これに少々の野菜などを加えてライスにのせたものを出すことが多いのだが、子供たちにとってはそれが「パパの作ったカレー」である。

出前カレーでも外食カレーでもなく、自宅で食べるレトルトパウチカレー。たまに作るスパイスカレーではなく、空腹状態の子供を待たせることなく出せるレトルトパウチカレー。これが定番になるのはどうなのかと思ったりもするが、喜んで食べているので問題ない。

ルウで作ろうが、スパイスから作ろうが、使用する野菜や肉は、一から自分でこさえたわけではない。どこまで他人の手を借りるかは、その時々で変えたって構わない。しかし、「今日はパパの作ったカレーがいい」と言われると、少しばかり戸惑いもある。レトルトパウチを温めたカレーは、果たして「パパが作ったカレー」なのだろうか。

＊

どこから「料理」と捉えるか。あるいはどこから「手作り」と捉えるか。その範囲は実にあいまいである。

２０１６年度のキユーピー食生活総合調査では、「市販のカレールーを使ってカレーライスをつくった」ことを、７割近くの人が「手作り」だと思っている。他方で、「市販のレトルトカレーに惣菜のカツをのせて、カツカレーにした」は、1.5割の人しか「手作り」だと思っていなかった。

試しに、知人数名に、「手作り」の線引きについて聞いてみたところ、

「自分で食べる時は、レトルトも市販のルウも手作りだとカウントするが、人に出す時は手作りだとカウントしない」

「友人が作ったら、立派な手作りじゃんと褒めるけど、自分がレトルトで作った場合は罪悪感を抱く」

「後ろめたい手作りと、堂々とできる手作りがある」

「庖丁を使う過程があれば手作り」

「手作りの店と書いてあるレストランで、出来合いのルウを使っていることがわかったら、騙されたと思う」

などの答えが返ってきた。なるほど、意見は多様である。

僕にとっては。手間と時間をかけるほど素晴らしいとする料理観は、自分の生活とミスマッチだ。そもそも自分が作るよりも、プロが作った商品のほうが味のバランスもいい。だから、「手作り」であるべきか否かというようなこだわりはない。

もちろんレトルトパウチまで「手作り」と言えるかというと、微妙である。手作りというのは、「料理ができあがるまでの工程に、ある程度関わった」という感覚によって決まる気がする。だからレトルトパウチを、「手作りカレーです」とまで言うのは躊躇する。

では、レトルトパウチは「料理」とは言えないのか。僕は、言えると思う。言っていいんじゃないかな。え、だめ？　いや、いいでしょ。

手間の多さで料理か否かが変わるわけではない。ゆで卵を作れば料理。ご飯を炊くのも料理。パンをトーストするのも、ジャムを塗るのも料理。そうめんを茹でるのも料理。ここまでなら同意してくれる人は結構多いのではないか。ならば。レンジで温めれば。お湯を沸かせば。皿に盛れば。僕はやっぱり、それも料理なのではないかと思うのだが。なお、最も急進的な友人は、「弁当を買ってきただけで料理」と言っていた。見上げたものである。

一時期はこうした料理のことを、「手抜き飯」とか「ズボラ飯」と自分で呼んでいた。が、やめることにした。罪悪感や後ろめたさを感じる必要はないので、自虐的なニュアンスはとっぱらおう。「時短飯」「手軽料理」、なんでもいい。

手を抜くことは、堕落ではない。権利であり、知恵であり、工夫であり、文明である。仕事でも育児でもそうだが、手間を省くというニーズに応えることで、人類は生活の水準を上げてきたのだから。僕たちの手抜き志向は、文明の発展を後押しする側面すらある。自分に負担をかけない道を選ぶことは、高度な営みでもあるのだ。

買い置き、温め、気が向いたら一工夫。これで上出来、とする感性を手に入れるのが、生き方上手への第一歩なのである。

＊

もともと僕にとって、「美味しいものを食べたい」という欲求はそれほど大きくはない。たとえば仕事でスタッフと地方に取材に行った時。昼に少し時間が空いたので、その間に食事をとろうという話になった。すかさず「近くにマックがあったよ」と言ったら、最大限のブーイングを浴びた。

「それは違うのではないか」「あなたには人の心がないのか」「せっかくなのだからその地域ならではの店に入りましょうよ」「それを楽しみにしてたんですよ」「人生、損してますよ、絶対」という文句を浴びせられるので、「いや、こだわりがないので、店を選んでくれるなら、どこでも」と応じる。あの時の、異世界の人を見るような眼差しは忘れられない。

いや、マクドナルドはすごいんだぞ。どこでもちゃんと美味しいんだぞ。高校生の時、アメリカのテキサス州に短期滞在したが、車移動による乗り物酔いも手伝って物をあまり食べられない状態が続いたのに、マクドナルドのハンバーガーは変わらぬ味でそこに存在して、僕を救ってくれたんだぞ。

そんな反論を相手にぶつけられるわけもなく。自分の心の中のマクドナルドに対して、お前は悪くないよ、お前はすごいぞ、今はただミスマッチなだけだったんだぞ、と慰めの言葉をかける。

とは言え。美味しい食事にまったく興味がないわけではない。出張からの帰りの新幹線では、その土地の駅弁を楽しみにしている。ただ、飲食店の行列に数十分並んだり、人気店を制覇するといったこだわりはない。努力はしないが、あると嬉しい。そのくらいの温度感である。

それでも、「友人が美味しいと言っている姿を見たい」とか、「美味しいね、と言い合いたい」という気持ちはあるので、人と一緒であれば、「美味しい店を探そう」という気持ちになることもある。コミュニケーションツールとしての食事そのものは、嫌いというわけではない。ただ、一人で、自分の食欲のために、手間と時間をかけたいという欲求が、相当に低いのである。

そんな僕なので、料理のために努力をしようという考えはまったくなかった。「そもそも料理をしない」という人が、全体の約2割、男性では3割にのぼる、という調査結果もあるぐらいだ。人によって、生活の優先順位は異なるもの。僕が優先するのはなにか。「食べに行くよりも、楽な範囲で済ませたい」というニーズである。

冷凍うどんや冷凍野菜などは、冷凍庫の常備アイテムであり、レトルトパウチのおかずやインスタント麺、パックご飯に缶詰、カップ麺なども常に多くストックしている。もし災害があっても、それなりにサバイブできる物量であると思う。

＊

ところで最近、おや、と思う変化が自分に起きている。「楽な範囲」でできる料理が、徐々に広がっているのである。

肉や野菜は、冷凍すると意外ともつ。特にきのこは結構もつ。そんな知識が増えていくことで、冷凍庫の食材の種類が増えていった。

家にあるなら、買いに行く手間も減る。あるいは、買い物に出た時に、「カップ麺のついでに、きのこなんかも買っておこう」となる。冷凍食品だらけだった冷凍庫に、生鮮食品を凍らせたものが増えてきた。

食材の種類が増えると、料理の幅も広がる。といっても、レシピを勉強したりするわけではない。ベースとなる「うどん」「カレー」「ラーメン」「パスタ」「そうめん」などに、きのこ、肉、野菜などを足す程度である。それでも、レトルトパウチのカレーをうどんにかけ、加熱した野菜や肉を盛ったカレーうどんなどは作れる。さすがにこれは、手作りの料理だと、堂々と言えそうである。

また最近は、人とビデオ通話をしながら、料理をすることが楽しみになった。僕が料理に感じるハードルの一つが、作業に集中しなければならないということだ。ながら作業をしていないとストレスを感じてしまう僕は、「料理するだけの時間」が、時に「焦りの時間」になってしまう。そこで、人と通話しながらの料理に変えることで、ストレスを軽減できるようになった。

週に一度ほど、近況を話しながら、大量のスープを作る。その時の気分に合わせて買った野菜を、とにかく刻む。庖丁をリズミカルに動かす。それを鍋に放り込み、とにかく煮る。楽するために、数回分のストックを作るくらいの感覚であったが、スープの便利さに気づいて、いつしか習慣になった。なるべく楽に栄養をとろうという発想で、何種類もの材料を使ったり、冷凍うどんを加えて主食にしたり。そうこうするうちに複数のレパートリーを身につけることができた。

豚肉とゴボウと味噌なら豚汁になるし、ウインナーとピーマンとコンソメならポトフになる。ひよこ豆とトマト缶を入れればミネストローネになるし、とき卵と味覇《ウェイパァー》を入れれば中華スープになる。人参や玉ねぎは、だいたいのスープに合う。もちろん、カレーにだって。七味を足す。キムチを足す。柚子胡椒を足す。チューブの生姜を足す。調味料をストックしておけば、味のバリエーションも広がっていく。

便秘が続いた時は山盛りのきのこをスープにする。胃に優しい満腹感が欲しければ、糸こんにゃくを入れる。その時々で体に必要な食材を、味に飽きのこない範囲で使い続けていくうちに、状況に応じた料理や、ちゃんとした名前のある料理まで作れるようになってきた。

料理の練習をしよう、なんて思い立ってレシピ本と向き合っていた昔は、いきなり手ごねハンバーグだのロールキャベツだの、手間がかかる料理にチャレンジしては、一度で飽きていた。それが、「控えめにしたい夜は野菜スープ」「パンチが欲しい朝にはガーリックピザトースト」のような使い分けができるくらいになっている。おやまあ、料理音痴が改善されておるではないか。

いろんな人と料理通話をしていると、他人のレパートリーを聞けるのも良い。さらに、料理は人生と結びついているので、「最初に作った料理」「得意なメニュー」「人から受け継いだ味」といった定番の話から、「味噌にまつわるエピソード」「使い勝手の悪い調味料ワースト3」「今まで行った中で最高の店」といった変化球トークまで、いろんな話にも広げられる。もちろん、「どこからが料理か」「どこからが手作りか」といったテーマも、鉄板である。なるほど。これが料理の面白さかも。遅まきながら、味をしめている。

あの。ディレクター。
ホントにいるんですか？
「リョーリグマ」なんて。
1.
ああ。この辺りで
地元の住人が何度も
「リョーリグマ」を目撃
してるんだ。
2.
その昔、
この地方のクマは
開発によって山を
追われたんだ。
3.
食べ物を求めて
人里に下りてきて、
その多くが
駆除された。
悲しい歴史だ。
4.

5.

彼らのごく一部が
人間の生活をのぞいて、
みようみまねでおぼえて
山に戻ったってことらしい。

6.

…あ！いましたよ！
やったぞ！
大スクープだ！

7.

ホントに料理してる！

惰性を自覚する

2020年の2月から5月にかけて、立て続けに4カ国ほど取材で回ろうと思って準備していたのだが、予定がすべて白紙になった。パンデミックの影響である。

海外取材をする友人ジャーナリストたちも、軒並みスケジュールが空っぽになった。そのことで、紛争地域や難民の状況を伝えることが、より一層、難しくなった。

難民に限らず、社会問題の当事者すべてが、メディアを活用したり、多言語でアピールできたりするわけではない。だからこそ、NPOやジャーナリストのように、「積極的に訪ねていく」役割の人が必要となる。その機能が、今、脆弱になっている。

国内でも、NPO活動への打撃がある。僕も関わっている教育系分野では、学校が休校中であったり、接触を避けるという配慮から、出張授業ができない。ワークショップをしようにも、感染リスクがあるため、人を集められない。

他の分野のＮＰＯもそうだ。講演会や勉強会などが開催できず、支援者の経済状況も悪化することで、収入や寄付金額がさらに激減したところも多い。震災や水害と違い、被災地と支援地という区別がない感染症災害で、「人を支える側」の体力も、一気に削がれている。

取材に行く動き、支援する動きが鈍化するだけではない。多くの人たちの関心は、今、感染症に向けられている。住んでいる地域での新規感染者数はどうか。外出は以前のようにできるのか。仕事はどうなるのか。行政の支援はマシなものになるのか。こうした話題が連日、テレビなどを賑わせる中、関心の優先順位が劣後するニュースもある。

感染症は、人と人との繋がりを襲う。その影響は、決して平等ではない。経済格差によって感染リスクが異なることもそうだが、元の「関心格差」を拡大する一面もある。

従前から困っていた人は、経済、教育、繋がりなどから排除されてきた。ここにさらなる追い打ちとして、「社会的関心からの排除」を味わう。新聞の紙面も、テレビやラジオの放送時間も有限だ。ウェブ記事にはそれなりに長く書けるが、そもそも人々の閲覧時間も、関心の持続も有限なのだ。

それでも、「パンデミックの影響」という観点なら、社会的弱者への共感を得られるのではないか。そう前向きに捉える人もいるだろう。そして実際に、そうした「語り口」は増えるだろう。

でも、実際はどうか。「アフターパンデミックの予測屋」みたいな人が言うような、人類史に残る大変革が起きるのだろうか。

例えば僕の子供たちはもともと不登校で、「学校以外の教育オプションは、ほぼ自己責任&自己負担」の状況であると痛感していた。一斉休校により、みんなが一時的に不登校状態となったのだが、そのことで、これからは学校以外の選択肢を拡充しよう、となるだろうか。

震災や水害で休校となった地域は、学校以外の教育制度が充実していく、というような話を、僕はこれまで聞いたことがない。でも、今回ばかりはそうした変化が起きるというのだろうか。

「パンデミックを乗り越えた日常」なるものは、いくつかの変化と共に、いくつもの惰性を発揮する。いくつかの場面では、変化を感じられるかもしれない。感染症対策や、リモート技術の活用などは、確かに変わりそうだ。人との距離のあり方も、これを機に見直そうとなる部分もあるだろう。それでも、少数の者が見えにくく、配慮され難い、という構造そのものはこれからも続く。それは、本当に、強烈な惰性だ。

僕にとって、これは悲観論ではない。防災と同じく、これからも変わらず備えていこうという、心算《こころづもり》の確認のようなものなのだ。問題を訴えていかなくては、世の中は勝手に変わってくれはしない。これまでも、これからも。

＊

社会の惰性は、言葉の細部に現れる。

政治リーダーたちは、会見のたびに、「家族」という言葉を口にする。家族を守ろう、家族との時間を大事に、大切な人を守ろう、ステイホーム、家に帰りましょう、家にいましょう――。繰り返される言葉から、家がない人、家に居場所がない人、家こそが危険な人、家族こそが害となる人、などの存在が抜け落ちる。

「何がなんでも自分を守ろう」ではなく、「家族を守ろう」。集団感染への想像力を身につけるため、すなわち他人に感染させないようにという気持ちを植え付けるため、ひとまず「家族」という単位を利用しているだけ、ということではなさそうだ。

多くの感染は、家族間でなされる。それでも、「それぞれの部屋に籠もろう」「ステイルーム」とは呼びかけられない。会食を控えてとは言われても、「家庭内での食事はバラバラで」とは言われない。リモート帰省しようと言っても、「自宅でも、会話はＬＩＮＥなどのリモートで」とは言わない。「不要な同居は解消しよう」とか「不急の同棲は延期しよう」とか、「これを機に疎遠な実家への帰省はやめよう」とか、そうしたこともちろん言わない。

家族とは多くの人にとって、思想上の優先対象だ。だからこそ、その否定と取られるようなことは避けられていく。

ステイホームの呼びかけは、家族内の感染は受忍すべきリスクである、という認識を含んでいた。給付金すら個人単位でなく、世帯単位で検討されるこの社会。自己責任という言葉は、家族責任という言葉に等しかった。心の中の投稿には、次のようなハッシュタグが付けられる。

＃何がステイホームじゃ

＃ステイホームする家よこせ

#セレブの家は広くていいよね
#ハウスがホームとは限りません
#すべての個人に十分な自室を
#要請と給付はセットだろ

政治リーダーたちは、「戦争」の例えも、よく用いた。ウイルスとの戦い、これは長期戦だ、人類が勝利した際には、ウイルスに打ち勝った証しとしてのオリンピック、病院は戦場状態、野戦病院化してしまう、医療現場という前線を守るために――。

「見えない敵」との戦いを煽る発言は、容易に排除・排斥へと繋がる。「人類の勝利」を叫んでも、勝利の定義は曖昧だ。地震に打ち勝つ、台風に勝利した、とは言わないのに、感染症への語り口だけが変わっている。

引き合いに出される戦争は、勝ち負けだけで終わるものではない。ウイルス相手には和平交渉や同盟もないし、一時休戦も、抑止のための外交努力もほぼない。

#感染症と戦争は同じではない

戦争という言葉が、危機感を伝えるためだけの、便利な言葉になってしまっている。人が多く死に、弱者ほど困窮し、相互監視でギスギスする。戦争との類似点を、いくつもあげることは可能だが、あえて重ねる必要もないだろう。

そう。いつ、どのように語るか。そのことに、自覚的であることが、理性を保つことでもあると思う。テレビ番組の司会者などが、皆さんで協力していきましょう、とか、今は我慢の時です、などと、人々へのメッセージを口にすることも増えた。今、現在進行形の出来事を前にしながら、いろいろな細部が切り落とされて、物語が編まれていく。

生活上の困難は現在進行形にもかかわらず、政治的な結末だけが用意されている。いかに政治的な対応がまずかったとしても、「一丸となって乗り越えた」という語りが待っている。倒産や失業の影響はパンデミック後も続くが、「人類はパンデミックを乗り越えた」という語りが待っている。転売や詐欺などの狡知が問題となったが、「叡智を結集した」という語りが待っている。

こうした語り口を、僕は反面教師にしたい。

#大きな言葉にご注意ください

＊

ラジオ局でも感染症対策のため、様々な工夫が行われた。各所へのアルコール消毒液の設置。手指衛生の呼びかけ。入室人数や出社人数の制限。スタッフへのマスク配布。業務中のマスク着用義務化。こまめな換気。リモート業務への振り分け。専門家の助言も受けながら、できる限りの対応をしてきたと思う。

僕の番組でも、ゲストはすべてリモート出演となった。スタジオ内には、アシスタントとの間にアクリル板。扱う内容も、感染症関連のニュースが多くを占めるようになった。

それでも、ニュース番組のパーソナリティとして、やることが大きく変わったわけではない。もともと、電話などでのリモート生出演は、ラジオでは当たり前だった。

ただ、リモート通話の環境によっては、コンマ数秒のラグが生まれたり、音声が潰れたりすることが増えた。その分、会話のテンポが遅れる場面もでてくる。

例えば、ゲストの人が次のように発言したとする。

「香港ではですね、今、感染症の影響で、抗議の集会もままならないんです」

この時、スタジオで僕が相づちを打つと、いくつかの言葉が途切れてしまう。

「香港ではですね」

（僕：はい）

「今、か……ぅの影響で」

（僕：ええ）

「こ……ぃもままならないんです」

こうした現象を減らすため、相手の会話を途切れさせないようにと相づちを減らす。すると、なかなかに違和感のあるリズムになってしまう。

そのテンポを巻き返そうとしたり、掠れた言葉を補おうとすると、従来のインタビューよりもこちらの言葉数が増える。そうして「前提と自説をまとめた上で、相手にぶつける」という聞き方が増えると、長尺でのやり取りが増え、意味が取りづらくなってしまう。

また、普段であれば、こちらが「無知なふり」をして相手に一から話してもらったり、聞き手に徹して掘り下げるなどもする。けれど音質が悪いと、長い話がリスナーのストレスになるため、早めにゲストの話を「引き取る」ことが増えてしまう。結果、話を引き出すための、いくつかのテクニックが使えなくなる。

ラジオパーソナリティになって10年ほどかけて身につけてきた「ラジオ勘」を、微修正しながら対応する日々。放送の濃度を変えないための工夫はしばらく続く。

＊

普段とは違う、語りあいの時間が増えたりもした。仕事のペースが変わった友人から、リモート茶会をしようという誘いが増えたのだ。

1カ月ぶりに会話をするカメラマンの友人は、撮影の仕事がほとんどゼロになっていた。自然と、給付金の行方やフリーランスの世知辛さについて、話が広がった。

半年ぶりに会話する友人は、小さな子供と閉じ込められた生活に摩耗していた。禁じ手にしていたゲームを買い与えるか悩んでいたので、出荷停止と流通停滞によって価格が高騰したゲーム市場についての意見交換をした。

1年ぶりに会話する友人は、離婚するかもと言っていた。感染症へのリスク見積もりをどの程度にするのかをめぐり、パートナーと折り合わなかったようだ。

20年ぶりに会話する友人からは、昔の僕のエピソードをふんだんに聞いた。友人が飼っていた犬の肉球を触るために、よく寄り道していたという事実を、話をするまで忘れていた。こうしたやり取りが、新しい習慣になるなら、それも良い。事態が収束したら、また他人の犬猫を撫でに行きたいと思う。その後には、手を洗いたくなるんだろうな。そういえば手洗いのリズムだけは、間違いなく変わった。

人間の町が
静かだねェ。
そうなのよ。
今、人間は
大変なのよ。
1.

人間はよっぽど訓練しないと、
不安な時やイライラしている時、
ロクなことが言えないし、
人の話もちゃんと聞けないの。
2.

よくわからないことは語らずに、
余計な情報は入れない方が
いいんだけどね。
「不安」が、そうさせて
くれないのよ。
3.

今、人間には、何かを言うのも、
何も言われないのも、勇気と
覚悟が必要なの。
4.
そして何より、楽しいことを
やったり考えたりすることが、
今は、すごく難しいの。
そのことに、みんなしょんぼり
してるのよ。
5.
ふーん。
ボクは毎日ごはんが食べられ
れば、それだけで楽しいけど
なあ。
人間はそう簡単には
いかないのよ。
6.
ハー。最近は人間を
だますのも自粛
してるけど…
はやく
だましたいネ!
7.

「フレーミング」に気をつけろ

僕はテレビっ子だった。

小・中学生の時、共働きの両親と、遠方の学校に通っていた兄が帰宅するまで、家とテレビは僕だけのものだった。学校から帰って、カバンを放る。テレビをつけ、適当なもので腹を満たしながら、画面を眺める。

今より娯楽の少なかった１９９０年代頃。テレビは、格好の暇つぶしの相手だった。

朝起きて、新聞を手に取り、テレビ欄を眺める。その日に放送されるテレビ番組の中から目ぼしいものを探し、ビデオに録画しなくてはならない。

近い未来の自分を、退屈させないために。

＊

テレビの世界ではお笑い芸人たちが、テンポの速い話芸や、大げさなリアクションを繰り広げている。

ボケる。ツッコむ。

いじる。返す。

振る。落とす。

膨らませる。畳み掛ける。

その頃は、関西出身のある芸人コンビが頭角を現してきていた。彼らはとても輝いて見えた。どんな番組だろうが、どんな相手だろうが、臆せず自分たちの笑いにつなげる。ボケはヒョロッとした体で毒を吐き、ツッコミは小さめの体で力強くどつく。

僕は小学生の時に、兵庫県から埼玉県に引っ越した。いじめ予防のためにと、親から関西弁を禁止され、それを守るも、結局は順調にいじめられっ子となる。そんな体験もあって、なおさら彼らの活躍が、自分ごとのように嬉しかった。

テレビを見て、笑う。その時間は、日常の嫌な出来事を忘れられた。特に、設定のおかしなコントが好きだった。

ただ、テレビのお笑いは、僕だけのものではなかったし、箱の中に収まり続けるものでもなかった。日常の鬱憤を晴らすために頼りにしていたお笑いは、さらなる日常の鬱憤をも生み出していく。

その頃、威圧的な同級生たちは、テレビを模倣して、「サムい」「スベる」「ノリが悪い」「イタい」といった言葉を使いだしていた。面白いリアクションを取れない者を、人間失格と言わんばかりになじりだす。「お前は関西出身なのに、なぜ面白くないのか」とからかいだす。発音がうまくいかないと、「めっちゃ噛んでる」といじられる。

ポルノ動画を真に受けるような年頃である彼らは、テレビが発するコミュニケーション文法もぐんぐんと吸収した。学校のストレスのはけ口を求めていた同級生らにとって、僕が好きな番組たちは、ハラスメントの教習テキストのような役割を果たしていた。

＊

90年代頃から、バラエティー番組では、「笑いどころ」などを、テロップや効果音で強調し始めていた。その前の時代にも、例えばコントに笑い声を入れたり、BGMをつけたりということはあった。ただこの頃から、リアクションをさらに誘導するような仕掛けが、次々とちりばめられていった。

「ここが笑いどころです」

「このようにいじるのは面白いことです」

そうしたメッセージを、テレビはより一層、強めていった。その後に広がった、ワイプ（小窓のような別画面）で芸能人のリアクションを映し続ける演出も、出演者との同調性を高める役割を果たした。

お笑い芸人たちは、いじりのポイントを指南してくれる。

「こいつ、まだ童貞」

「嫁はんがブサイク」

「ブスが来たからチェンジ」

「ちんこの皮が剝けてない」

「あいつ、ヅラやで」

こうした言葉に笑い声が被せられ、テロップで強調される。

そんなテレビの前で、僕は笑っていた。現実ではいじめられる側であっても、テレビの前では笑う側でいられた。

モテない女性芸人がドッキリで、仕掛け人のモデルの男性にフラれる姿を。黒人に扮装した芸人が、文明に戸惑うそぶりをする姿を。ゲームに勝利した男性芸人が、ご褒美に女性たちと入浴して鼻の下を伸ばす姿を。逆に、負けた芸人が、中年女性たちに羽交い締めにされる姿を。お酒が苦手な若手芸人に、ベテラン芸人が無理やり飲ませる姿を。

人気俳優が「合コンに出たら女の子の酒にこっそり目薬を入れてみたい」といった冗談を口にする様子を。芸人が大事にしているものを壊されて、絶望する様子を。「罰ゲーム」として、男性芸人がプロレスラー風の女性に強引にキスされる様子を。スキンヘッドの男性の頭皮や、太った男性の腹が、同意なく周囲に触られる様子を。

街で出会った「頭のおかしな人」「変な人」「気持ち悪い人」の話を。男性が同性に「お尻を狙われた話」を。家族に同性愛者がいるという話を。誰それの子供が「アホ」であるという話を。

芸人が女性ゲストの靴のにおいを嗅いで怒られるシーンを。女性を「ぶりっ子キャラ」と

「インテリキャラ」に分け、両者にキャットファイトさせるシーンを。海外アーティストをいじった後、司会者が通訳に「今のは訳さなくていいからね」と止めるシーンを。

僕は、笑い続けていた。

*

日本のお笑いは、「おかしなこと」と「普通なこと」を設定するのを、一つの定型にしている。漫才では、「おかしなこと」を口にするボケに対して、ツッコミが「普通なこと」をぶつける。トーク番組やバラエティー番組でも、相手の「おかしなこと」をいじって笑いを誘う。権威を皮肉ったり、他の人とは違うと斜に構えたり、世の中を茶化しているように見えるお笑いが、実際には「おかしなこと」「普通なこと」をめぐる、世俗的な線引きを強化してもいる。

お笑いの力学は、「緊張」「緩和」という言葉で説明されることがよくある。けれど人間の笑いの種類は、「緊張が緩んだ時の笑い」「緊張をほぐそうとする笑い」だけでなく、「攻撃的な笑い」「自衛のための笑い」「社交のための笑い」「くすぐられた時の笑い」など、もっと多様な類型があることがすでにわかっている。

テレビで披露されるお笑いも、全部が「緩んだ時の笑い」というわけではない。その中には、他人をからかったり悪戯《いたずら》をしたり虐げたりすることで、優越的な快楽を味わう「攻撃的な笑い」も、大いに含まれている。あるいは相手に同調し、コミュニケーションを円滑にするための、「社交のための笑い」「作り笑い」だって。

芸人が司会を務める音楽番組で、女性アーティストに対して、「ほんま自分、乳ないな」「もっと揉んでもらえよ」といじっていた。この時、その女性ミュージシャンは、ジャケットで胸を隠しながら笑っていた。本人がどういう心情なのかはわからない。ただ、ある人が攻撃的な笑いを披露した時、社交のための笑いで受け流すものなのだ、と学習した視聴者もいるのではないかと思う。

＊

その時も、僕は笑い続けていた。安心して「笑う側」でいられた。自分は若者で、男性で、肌の色も日本にいる限り多数派だったから。笑われる対象ではなく、笑う側でいた。

のちに僕は、メディア論や心理学の世界で、「フレーミング」（枠付け）と呼ばれる理論があることを知る。

例えば手術を受ける時、「成功率は95％です」と説明されるのと、「20人に1人は失敗します」と説明されるのとでは、同じ確率であっても、受け取り方が変わる。こうした、ものの見方を誘導するような「提示の仕方」をフレーミングという。そしてメディアは、あるフレーミングを反復することで、人々の受け取り方を方向づけることもできる。

童貞は未熟者だ、といじる言葉は、男性は女性とセックスしてこそ一人前だ、という考え方を前提とする。多くの芸人は「男は男らしくしろ」と直接主張するわけではなく、前提と異なるいろんな対象をいじり、否定的なフレーミングを行うことで、緩やかに「男らしさ」などの価値観を浸透させている。

禿げていること、太っていること、服装が変わっていること、恋人がいないこと、ナヨナヨしていること、顔が整っていないこと、ペニスの亀頭が皮を被っていること、運動神経が悪いこと——。こういう人たちは、ダサく、イケておらず、笑われる存在なのだ。テレビの笑いはそうフレーミングし続ける。

そうしたメッセージに繰り返し触れることで、テレビを見ている人たちもまた、日常の中で、同様のいじりを模倣する。そして同時に、そこでいじりの対象となる人たちが傷つき続ける。親に「男らしくあれ」などと一度も言われたことがなかった僕も、漠然と、定型の男性像から外れないようにと心がけるようになっていた。

高校生になり、好きなアーティストができた。そのアーティストの出ている番組はくまなくチェックし、コピーバンドも組んだ。そして、芸人が司会をしている番組を見て、気づいたことがあった。「あれ。音楽番組なのに、音楽の話、全然してないな」

そう。その番組では、曲に込めたメッセージとか、前のアルバムとの違いとか、新メンバーが加わったことでの変化とか、社会的事件に対して作品に込めた思いとか、そんな話は、本当に一切していなかった。するのは、最近あった恋愛エピソードとか、どれだけ売れているかとか、モテるかどうかとか、そんな話ばかりだった。

僕の好きなアーティストもその番組では、髪形が変だとか、どれくらい金を持っているのかとか、そういういじられ方をしていた。面白合戦、露出合戦に参加しなければ、プロモーションにならない。わかってはいるけれど、笑えなかった。売れているアーティストを、俗な関心ごとに引きずり下ろす。そのいじりが、「攻撃的な笑い」だったために、自分ごとのように不快感を覚えたのかもしれない。

今、「リフレーミング」、つまり枠付けの見直しがあちこちで行われている。

そのお笑い、笑えません。そのように、いろいろな角度から取り上げられるようになった。

＊

Netflixで配信されている『トランスジェンダーとハリウッド：過去、現在、そして』というドキュメンタリーがある。映像作品の世界でトランスジェンダー（トランス）が、いかに異端として描かれてきたのかを、当事者たちが検証する番組だ。

トランスは、異常なものとして、猟奇的なものとして扱われてきた。倒錯した心理を持つ殺人犯。過去を隠した詐欺師。性に対して明け透けな売春婦。こうしたステレオタイプな役柄が、何度となく与えられてきた。

そして笑いの対象として描かれてもきた。男性コメディアンが女装することは、何度もジョークにされてきた。誤った描写は、トランス当事者たちを脅かし、時に雇用も奪う。

ようやく今、映画の世界などでは、トランスの描かれ方も変わりつつある。笑いの世界でも、徐々にだけど変化はある。

前時代のお笑いから自分を更新できない芸人は、「コンプラ（イアンス）のせいでつまらなくなった」とたやすく口にする。でも、そうではない。観客の一人ひとりを見ず、従来のフレーミングにとらわれたままであれば、人を笑わせ続けることはできない。

僕はトランスを、笑ってきた。同性愛を、女性差別を、容姿差別を、外国人差別を、笑ってきた。それは紛れもなく、攻撃的な笑いだった。僕は、全ての差別に加担してきた。

僕はテレビっ子だった。笑いの先に、誰かの涙があることや、自分への呪縛があることを、大人になるまで気づけなかった。

今は、自分自身の価値観をリフレーミングしている最中である。少なからずメディアに露出する者として、何ができるかを考えながら。

今日も人間講習の日だ。
ぼくたちAIが人間社会
でスムーズに働くために、
最新の人間について勉強
する義務があるのだ。
1.

今日は「人間と笑い」について。
「笑い」ほど難解なものはない。
「笑っていいもの」と「笑うべきでは
ないもの」がコロコロ変わるからだ。
2.

しかし、今やAIの性能は
「冗談がわかるかどうか」の
時代になりつつある。
ナンデヤネン!
「誰も傷つけない、おもしろい
AI」が求められているのだ。
3.

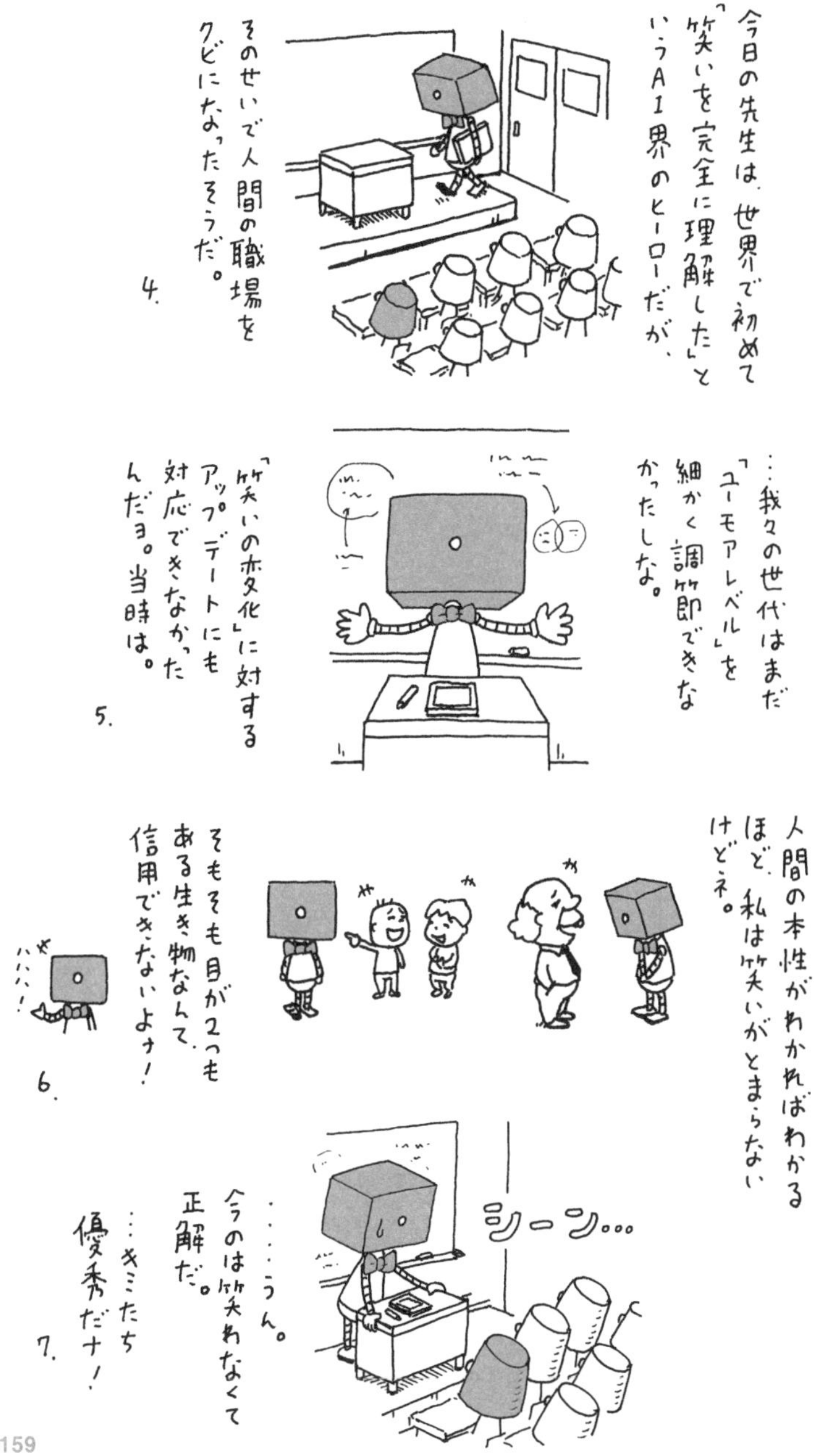
今日の先生は、世界で初めて「笑いを完全に理解した」というAI界のヒーローだが、
そのせいで人間の職場をクビになったそうだ。
4.
…我々の世代はまだ「ユーモアレベル」を細かく調節できなかったしな。
「笑いの変化」に対するアップデートにも対応できなかったんだヨ。当時は。
5.
でも、まあ、人間の本性がわかればわかるほど、私は笑いがとまらないけどネ。
そもそも目が2つもある生き物なんて信用できないよナ!
ハハハ!
6.
シーン…
……うん。今のは笑われなくて正解だ。
…キミたち優秀だナ!
7.

会話の作法

噂話が苦手である。するのも、聞くのも、されるのも。

噂にも、いろいろなものがある。

事実が不確かな状態で、社会的な情報として拡散されるのが、流言。政治的な意図などを持って作り上げられるのが、デマ（ゴギー）。真偽よりも娯楽性に重きが置かれ、物語性があるのが、都市伝説。

こうしたものと異なり、僕が特に苦手な噂話は、主に周囲の人について興味本位で取りざたする、ゴシップの類いである。

「あの子とあの子、付き合ってるんだって」

「彼、実は子供がいるらしいよ」

「部長、カツラっぽくない?」

「あいつ、誰とでも寝るんだぜ」

これら噂話の類いは、コミュニケーションの潤滑油として用いられる。ゴシップには、噂の中身そのものを楽しむエンターテインメントの要素と、語り合う仲間同士で価値観を確認し合う役割がある。

噂の主のエピソードを共有し、その醜悪ぶりや破廉恥ぶりを覗き込み、楽しむ。一緒になって笑い、陰口の共犯者となり、絆を強める。こうした、「ニヤニヤした連帯」が、本当に苦手である。

人と知り合い、その人が目の前で噂話に興じたりすると、「あ、自分のことも、どこかで話されるんだろうな」と身構え、自分の話をすることを控えるようになる。仕事先などで、噂話が繰り広げられると、関心を持っていると思われないよう視線を逸らしたりする。噂の加担者にはなりたくないが、注意をしたらしたで、「潔癖なやつ」という噂を拡散されそうで怖い。それゆえできることといえば、「自分はその話には無関心です」というオーラを、全身で醸し出すくらいである。

昔は自分も、噂話に加担していた。でも、その暴力性に気づいてから、とても居心地が悪くなった。過去に拡散した噂を、謝りながら回収したい気持ちになった。しかし、吐いた唾は飲めない。

噂話は、アウティングを含むことが多い。アウティングとは他人の秘密を暴露することで、特にその人が公にしていないセクシュアリティを、本人の同意なく広める行為のこと。

「あの人、同性愛者らしいよ」

「あの女、元々は男だったらしいよ」

こうしたアウティングは、性的少数者へのステレオタイプな偏見、無知を伴うものであり、直ちに当人への脅威となる。だからこそアウティング禁止の条例を作る動きが出ている。

でも、アウティングの問題は、セクシュアリティに限ったことではない。本人が公にしておらず、それを他人が話すことに合意しておらず、拡散されると本人の名誉や感情が傷つけられること。大抵の噂話は、そうした繊細な部分を踏み荒らしていく。

もし、噂話については慎重な姿勢であるべきだという考えが広く共有されていたら、アウティングの被害も少なく済んでいたかもしれない。また、セクシュアリティ関連のアウティングに慎重になろうとするなら、他の話題にも同じような態度で臨んだほうがいいのではないか。噂話はしてもいいが、性的な話題だけは注意しよう、というような線引きをすることもまた、違うのではないかと思う。

自分が経験したこと、見聞きしたことを人と話すことで、感情や情報の整理をしたいと思うのは、とても理解できる。ただ、そうした時に、当事者のプライバシーに配慮しながら話すことだって、可能だろう。

話す側のみならず、聴く側も配慮が必要だ。僕も、当事者から、あるいはその家族から深刻な相談をされるようなことがあるのだけれど、そうした話は子供やパートナーにすら漏らさない。聴いた話を、墓場まで持っていく。

他方で、他人のエピソードを「噂の手札」として誇示する人がいる。こんな話を知っているんだよと相手に伝え、「えっ、すごい」「わー、やばいっすね」などのリアクションを、自分への称賛だと捉える。「あいつは実はこうなんだぜ」と人の弱みを披露することで、その人より優れた人間であると売り込む。「こういう話も知ってるよ」と、様々な裏話をすることで、いろんな繋がりを持つ情報通であるとアピールする。

他人のプライベートや人生を、己の「噂の手札」程度にしか見ない。そうした振る舞いをする人に、僕はどうしても、敬意の念を抱けない。

＊

「あの人は今、カナダで通訳してるんだよ」

「彼女の仕事ぶりはとても優秀だったよ」

本人が公言しているエピソードや、職務に対する公的な評価など、一般的に知ることができる事柄であれば、情報交換する必然性や正当性も理解できる。ただ、個人的にはグレーゾーンだな、と思うようなことも、しばしばある。

僕のラジオ番組には、多くのゲストがやってくる。中には放送後、「一緒に写真を撮ってもらえませんか？」と聞いてくる方もいる。僕が了承すると、撮影後に「ＳＮＳにあげてもいいですか？」と聞かれる。僕はそれにも了承する。

こうしたやりとりは、とても丁寧で気持ちいい。他人と撮った写真を勝手にアップロードしないよう、配慮していることがわかるからだ。こういう時は、自分が人として見られているんだな、と思える。僕と共にスタジオで過ごした時間を、特別に良い体験として持ち帰ってもらうのだから、悪い気もしない。でも、SNSについては写真以外の面で、モヤッとすることがある。

例えば本番前の控え室、オンエア後のスタジオで、ゲストの方とちょっとした会話をすることがある。「放送中には言えませんでしたが、こういうことを考えている」「次はこういう放送をぜひ」「僕もあの場所に行ったことがありますよ」「あの作品、僕も大好きなんです」。放送されていないからこそできる、くだけた話によって、互いの距離が近づくこともある。

だがたまに、そうした話を、帰宅してからSNSにアップする人がいる。「放送後、荻上さんとこの話で盛り上がりました」「チキさんもこういう意見でした」「こう言っていただけて嬉しかったです」。基本的にはポジティブな話題が多いのだけれど、それでも、むむむ、と思う。写真と同じく、「このことをSNSに書いてもいいですか?」の一言があれば、それだけですっきりするのに。「著名人」だから構わない、と思われているのかな。人として見られてないのかな、と思う。

僕は物書きで、語り手でもある。だから、何かを公的に発信する時は、自分の言葉で、自分のタイミングで、場を選んで伝えたい。いや、そういう職業でなかったとしても、誰だって、自分に関する情報を、コントロールしたいはずだ。そうした感覚を一方的に軽視されたようにも思えてしまう。

以前から、番組を聴いた人が、SNSで不正確な要約を行うことがよくあり、見かけたら自ら訂正したりもするのだが、それも相当なストレスだ。相手が素直に訂正してくれるとも限らないし、放置したらしたで、「僕がそう発言した」という評判だけが広がるし。

会ったことのない人にとっては、僕は記号や機能の一つに過ぎないのだから、そういうものかなと諦めている面もある。

でも、実際に会って、それなりに心を開いて話をした相手が、断りなくSNSにエピソードを投稿したり、ましてや「噂の手札」のように扱っていたりするのを知ると、本当にガッカリする。ああ、また物のように扱われたな、と。

＊

多くの人は、噂話が好きだ。飲みの席では、あいつがどうしたこうしたという話だけで時間が流れていくことも、当たり前の光景だろう。

僕は噂話が嫌なので、という話をすると、「じゃあ、何も話せなくなるじゃない」と言われることもある。うーん。果たしてそうなんだろうか。

互いに自分の話をじっくり聞いてもらったり、仕事の話をしたり。最近触れた映画や小説について語り合ったり、ニュースについて意見交換したり。友人と過ごす時間は、そんなこんなでいつもあっという間に過ぎる気がする。時には何も話さず、無言で一緒に作業したり、ボードゲームなどに興じたり。

だから、「何も話せなくなる」と言われてもピンとこないのだが、噂話くらいしか話題がない関係の人であっても、無理に会合を設けなくてはいけないことが、世の中にはあまりに多いんだろうなとは思う。それで、手っ取り早い潤滑油として、「そう言えば、聞きました？　あの話」と、他人の噂話を持ち出さなくてはならないのかな、と。

でも、それも癖のようなもので、変えることも可能なんじゃないだろうか。

例えば僕は、「話さなくなったテーマ」「聞かなくなったテーマ」がいろいろある。

「初体験はいつ？」「経験人数は？」みたいな話はまずしない。こうした話って、相手をおもしろエピソードのジュークボックスみたいに位置付けたり、遠回しな性的アプローチとして用いるようにも思うのだけど、いずれにしても不毛な話題だろう。

「親は何をしている人?」「一番のトラウマって何?」みたいなことも聞かない。信頼関係が築かれないままに、相手の繊細な経験を聞き出そうとするのは、とても危険なこと。そのことで相手の負の感情が込み上げ、ケアが必要な状態になった時、どこまで責任が取れるだろう。性的な話、家族の話、極端な体験の話が、相手の本質であると捉えたり、そうした話を共有することを仲良くなる近道のように位置付けるのもまた、違うなと思う。

聞かない話題、だけでなく。使わなくなった語彙もいろいろある。

例えば、「机上で行われる不毛な議論」という意味に使われる、「神学論争」という言葉だ。ラジオリスナーの方から、神学も重要な学問であり、現代社会では特に、異なる宗教を相互に理解する上で欠かせないものであるという抗議をいただいたからだ。なるほどその通りだと思い、それまで「神学論争はやめよう」と言っていたようなことを、「不毛な議論」「無益な議論」などに言い換えるようにした。

似たところでは、意味不明の言い回しを「ポエム」「文学」という言葉で表すこともしないようになった。

自分には好きな詩人がいるし、好きな詩もある。他方で、揶揄するような場面で使われる「ポエム」という言葉は、詩作の芸術性へのリスペクトを欠くような言い回しであるなと思うのだ。また、ポエムという言葉が、誰かの感情表現に向けられれば、「感情を表出することは恥ずかしいこと」という価値観を強化してしまう。そのため、例えば「政治家がポエムを口にした」と言っていたような場面では、ストレートに「空疎な言葉」「無内容な精神論」と批判すればいいなと思う。

「文学」という言葉もまた、難解でありながら無内容なもの、あるいは独特の持って回った言い方、という否定的な意味合いで用いられることが多い。「霞が関文学」という表現が代表的だが、「官僚話法」とか「ごまかし」など、よりシンプルな言い方に変えた。

やらせや予定調和のことを「プロレス」とも言わない。プロレスの演出的側面にも様々な背景があるし、わざわざ一つのジャンルを貶める例えを用いなくてもいい。

「有名税」という言葉も使わない。税は行政が集め、社会保障などに充てるものであり、「嫌なこと」という意味ではない。加えて、著名人への嫌がらせやアウティングを、あたかも受忍しなくてはいけないことのように位置付けるのもおかしい。

「アスペ」「サイコパス」「クラスの癌だ」などの病名を用いた比喩も使わない。病について不正確な知識や偏見を広げることに加担したくない。嫌いなら「嫌い」と言う。

こうした言葉を使わなくても、何も話せなくなったりはしなかった。噂話をしなくても、楽しい時間は減らなかった。より適切な言葉、より適切な話題と出会うため、まずは手放すのも良いと考えている。

「ネェ、ネェ、知ってる？
悪質なウワサをながす
者をこらしめる団体がある
らしい」っていうウワサ。

1.

「ウワサ話が大好きな人」を
装って会話に入ってきて、一人一人の
デリカシーやマナーを審査するん
だって。SNSなんかのデータも
全部調べるんだって。

2.

悪意のあるなしにかかわらず、
「世の中にいない方がいい」って判断
された人は、一人ずつ社会的に
「抹殺」されるらしいよ。

3.

そもそもその団体は、悪質な
ウワサをながされて家族を失った
男が、世の中に復讐するために
つくった秘密組織なんだってさ。

先月 急に辞めちゃった人事部の
○○さんも、その団体に「消さ
れた」らしいんだよ。

4.

5.

あと総務部の・・・
あ、電話だ。
ちょっとゴメンね。

6.

・・・えー。コワいねー。
・・・あの人、どこの
部署の人？

・・・アレ？あんたの知り合いじゃ
ないの？

7.

時間に誘われて

28歳頃から、夜の住人だった。ラジオ番組のレギュラーパーソナリティとして、22時からの時間帯を担当することになったためだ。その時間帯に仕事をするようになって、はや10年以上が経った。

20時にラジオ局に出勤し、深夜1時、2時頃に帰宅。それから入浴やら諸々を片付け、3時、4時頃に入眠する。ただ、執筆の仕事などは、帰宅後も続く。締め切りに追われる時は、朝まで原稿を書くことも珍しくなかった。

ちなみに、22時からの番組が、ラジオ業界の感覚で「深夜」と言えるかどうかはわからない。「深夜番組」と表現する時、もう少し遅い時間帯、だいたい23時以降をさすことが多いからだ。他方で、労働基準法における「深夜業」の位置付けは、22時以降とのこと。ならばひとまず、僕の仕事は深夜労働であった、とは言えそうだ。

とまれ、そうした時間に働く生活を続けると、人間関係にもいろいろな影響が出る。例えば、飲み会などに誘われにくくなった。酒の席は好きではあるが、あまり親しくない人だと気疲れすることがあるので、無理に参加しようとは思わない。かたや親しい人とは、なんとか時間を作ってでも食事に行ったりする。つまりは無用な誘いがなくなった。

一方で、深夜に起きている人と、親しくなりやすくなった。例えば深夜2時頃に、「起きてる?」とLINEを交わし、通話で雑談しながら、家事や仕事をもう一踏ん張りする、なんて具合に。自分がフリーランスであるだけでなく、夜の住人であることから、会社員ではない人との交流が多くなった。

深夜は、ネット投稿で、死を連想させるネガティブなものが増える時間帯。僕のところにも「死にたくなったから電話してみた」なんて連絡が何度かあり、親しい人の支えになれるタイミングに起きていたことを嬉しく思った。

そうした生活を長く続けたが、このたび番組の時間が夕方に移動することになり、生活リズムが大きく変わることとなった。番組の移動を知らされた時、まっさきに思い浮かんだのは、夜に繋がる友人たちの顔。人は土地だけでなく、時間帯に暮らす。夜の住人には、夜の隣人ができる。なれば、これからは人付き合いも変わるのだろうか。

蓋を開けてみれば、仕事の時間帯が夕方に移ってからも、僕は変わらず、2時頃まで起きている。仕事を終えて、夜にだらだらとする、その時間が好きなのだ。人付き合いも変わっていない。

大きな変化といえば、長年苦しんでいた睡眠障害が緩和された。睡眠を良質なものにするためには、目覚めた時に太陽の光を適切に浴びることが重要だ。そんなことは知っていたものの、どうしても太陽を避ける生活が続いた。眠る前には、カーテンをぴっちりと閉め、隙間から少しも光が入らないように。さらには、カーテンの両端を画鋲《がびょう》やテープで留めたりもしていた。それでも、中途覚醒せずに眠れるのは、年に2回ほどだった。

ラジオの時間帯が変わってからは、週の半分ほど、中途覚醒せずに眠れるようになった。長く眠れるのが嬉しくて、昼前くらいまで睡眠を楽しむ。起きたら身支度して、すぐさまラジオ局に出勤。起きてすぐ体を動かし、陽光を浴びるというのが、いいペースメイクになったようだ。

小さな変化というか、小さな試みはいくつかある。仕事終わりに友人と食事に行くこと。

野球を見に行くこと。レイトショー以外の映画を見に行くこと。夜にジムに行くこと。入浴施設でのんびりすることを、深夜労働の後にはできなかったことを、一つ一つ堪能している。

本当は、野球観戦をしながらビールが飲みたかったのだけれど、コロナの影響で、球場での酒類販売が制限されていた。残念だったが、今後の楽しみにとっておく。あとは友人たちとゲーム大会とかもしたいけれど、それもまた、コロナが落ち着くまで待つしかあるまい。

＊

明石、浦和、川口、高井戸、阿佐ケ谷、荻窪、高円寺。住んだ街を辿っていけば、その人となりも見えてくる。大宮、赤羽、秋葉原、池袋、新宿、原宿、渋谷、下北沢、赤坂。よく通った街を辿ることもまた。縁のある場所は、その人のことを雄弁に語ってくれる。僕が列挙した地名を見て、「ははん、こういう人ね」とピンとくる人も多いのではないか。

どこに縁があるかだけでなく、どこに縁がないかもまた、その人を探るヒントになる。銀座で買い物もしないし、中目黒のカフェにも行かない。湘南やお台場にドライブにも行かないし、白金台に住むイメージも湧かない。

時間帯について言えば、僕はずっと、朝と縁遠い。朝のラッシュ時に電車に乗らなくなって久しく、外食でモーニングセットを頼むこともない。時折、遠方へ取材に行く際に、朝方に相手先へ出向くこともあるが、その時はなんだか、土地への訪問者であるとともに、朝という異世界への訪問者であるようにも感じている。今でも朝はアウェーで。これからもしばらくは、朝の公園で、太極拳やヨガに興じる機会はなさそうだ。

しかしながら、世の中は昼の住人向けに作られており、夜の住人の事情などお構いなし、ということもある。

午前中の営業電話に仕事依頼の電話。「この時間なら起きているだろう」という想定で、9時やら10時やらに電話をかけてくる人は結構多い。だが残念ながら、僕は12時くらいまで寝ている。何かあった時のために電話が繋がるようにしていなくてはと思わなくもないが、寝る時はスマホをフライトモードにし、ベッドから離れた仕事スペースで充電しておく。午後になるまでは、僕は世界に存在しないことにしておきたい。

そうした一工夫が、通用しない場合もある。僕はどうも、宅配便の人に「午前中は在宅している人」と認識されている。配達をする人からすれば、その日の荷物を効率よく届けたいので、都合が良いのだろう。しかし、睡眠中に、不意の訪問によって起こされるのはつらいもの。いくつかの宅配業者は、受取時間をアプリで指定できたりもするのだが、対応していない業者もあるのが難点である。

また、僕の住んでいる集合住宅では、年に何度か、消防訓練やら防災点検などがある。その日は朝9時頃に、防災アラームを試験的に鳴らすことになっている。スマホの緊急地震速報並みに鋭く、大きな音で鳴り響く警報は、朝に眠る人の事情など知ったこっちゃない感じだ。

出かけ先も、その多くは昼の住人向け。東京は眠らない街などと言うが、そんなことはない。だいたいの店は、夜には閉まる。博物館や図書館など、文化施設のほとんどがそうだ。飲食店だって、深夜営業していない店のほうが多い。

相応に眠る街、東京。夜の住人が立ち寄れる場所は限られている。よって、余暇を楽しもうにも選択肢は限られるわけだが、そこは文化系・夜行性・ソロプレイヤーには慣れたもの。映画のレイトショー。カラオケ。バー。公園。漫画喫茶。そうした場所で、一人だらりと過ごす時間も喜ばしい。

限られたナイトスポットへ、誘蛾灯に導かれるかのように集まる、夜行性の人々。彼らに紛れて、相互に不干渉を守りながら、穏やかに時間を味わう。一般的には「夜＝危ない」と思われているため、夜のストリートには一人歩きの女性や高齢者は少ない。そんな深夜のストリートに安全性を感じられるのも、結局は一つの特権であるとも思い知らされながら。

縁遠いように感じていた日本橋や六本木にも、レイトショーをやっている映画館があるという理由で、年に何度か訪れるようになった。夜に開いている場所が限られている分、昼であれば行かないような不慣れな場所にも、足を運ぶ。時間帯と趣味が、いろいろな場所を繋いでくれる。

＊

人は、時間帯に住むだけでなく、複数の時間軸を生きる。仕事や趣味などによって、そのタイムラインのあり方は変わる。映画が好きになってから、映画館のある街に通うようになった。音楽が好きになってから、レコード屋やライブハウスのある街に通うようになった。そして、数カ月、数年先のスケジュールを、趣味を通して待ちわびるようになった。

来月はあのアーティストの新譜が。今年はあの作品の続編が。来年はあの監督の新作が。どのようなイベントが、どのような楽しみが未来にあるのかという考え方で、自分の時間軸を作り上げる。

釣りが趣味の友人は、そろそろ渓流が解禁だとか、季節の魚を意識して時間軸を生きている。野球好きならばもうすぐ春の甲子園だなとか、サッカー好きならいよいよ天皇杯だなとか、競馬好きならぼちぼち桜花賞だなとか。漫画を描くのが趣味であれば、そろそろ夏コミだ、冬コミだとか。自然や街並みだけでなく、趣味を通して季節を感じることができる。

僕は仕事が好きなので、今年は何冊の本を出そうかとか、こういうリサーチをして発表しようとか、この法改正についてラジオで取り上げていこうとか、そういう尺度で一年間を見通す。逆に、今年は頑張ったなぁと振り返るのも、どれだけ仕事をしたかという物差しを用いることが多い。

当然ながら、「無趣味」というのも、人の自由である。趣味がない人を、あたかもつまらない人間であるかのように位置付けるのも、偏った考えだ。趣味がなくたって退屈しないのであればそれでいいし、趣味に興じる余裕がない人だっているだろう。「趣味がない」ことを笑う人は、「趣味」以外の話題が乏しいために戸惑っているだけかもしれない。

趣味がない場合、どんな時に先々の時間を意識し、季節の変化に気づくのか。それが、季節限定のビールやお菓子のパッケージだったり、旬の素材を使った弁当だったり、番組出演者の衣装だったりするならば、その人は無趣味に見えて、実は小さな趣味がたくさんあるのかもしれない。

＊

「在宅時間が増えたのでウクレレを始めた」とか「スケボーにハマって練習してる」という人に対して、「年甲斐もない」とか「どこを目指しているの」とか「何になりたいの」とからかう絡みがある。以前はそんなやりとりを、自分もしていたように思う。それも、ふと、時間軸の違いなのだな、と思うようになった。

ミュージシャンになりたくて、毎日ギターの練習をしていた時期があったが、ふとした時に、その目標を捨てた。ギターを弾く時は「毎日練習しなくちゃ」と考えているのに、文章を書く時は「今日はこれを書きたい」という気持ちになっていることに気づいたのである。

それからしばらくギターを弾かなかったが、最近は暇な時、ギターを取り出して好きな曲を10分ほど弾く。そして、その時間を苦痛に思わなくなった。下手の横好きで良いではないか。趣味は、何かを目指すもの、未来への投資、いつかのための努力だという意識がどこかにあった。それは、「六十の手習い」に理解を示せない人生であった。ただただ楽しむ。その瞬間を味わいながら過ごす。そうした時間のあり方を豊かに思えるようになったのは、最近のこと。今の快楽は怠惰であり、今の苦痛はいつかのため、それはなかなかに窮屈な解釈であった。

他人の趣味にケチをつける人は、もしかしたら自分自身に、そのような時間軸を設けているのかもしれない。何者にもなれないなら、今更努力したり、楽しんだりするのは格好悪いこと。そうやって、自分のみならず他人も、縛りつけているのかもしれない。何者かにならなくてはいけないというのは、今の自分を否定しているようで、危なげでもある。

あるいは逆に、他人が頑張る姿が怖いのかもしれない。未来を見据えている人に、つまりは自分より長い時間軸を意識している人の姿に、焦りを覚えているのかもしれない。賢明な姿を、「必死だな」と軽視することで、相手の努力を妨害したり、自分の未来から目を背けられると、学習してきたのかもしれない。

他人の趣味を否定することは、他人の時間を否定すること。誰かの時間を否定せずとも、自分の時間を豊かにする方法はある。

＊

（後日譚）

夜の住人であることに誇りを持ちさえしていたが、度重なるチャイムや電話に根負けし、なんだかんだと朝の住人になっていった。朝食を取り、友人とリモートでコワーキングをこなす。なるほどお前、空いているのかと、ぬるりぬるりと、午前のスケジュールが埋まっていく。生活時間のお引っ越し。しばらく昼の世界に、お世話になりそう。

我々は吸血鬼の一族だ。

1.

とはいえ、近年は直に人の血を吸う者など、一人もいない。

そもそも、血を吸わないと生きていけない訳ではないのだ。

2.

ただ、もともと遺伝的に太陽の光が苦手なこともあり、今でも夜型の生活をしている者がほとんどである。

3.

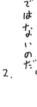

「人間と恋に落ちるも、生活の時間帯が合わず、結局ダメになる話」は、定番のあるあるネタだ。

4.

「夜型なんて、人生を損している」的なことを言う人もいるが、それはたいてい、夜のことを知らない人である。

5.

6.

昼間以上に、夜には様々な表情があり、情緒と美しさに満ちているのだ。

そして何より、夜に長く暮らし、夜の力を知る者は誰でも、自由に空を飛べるようになるのである。

7.

昼型の人間は、誰も信じてくれないけれど。

あとがき
ヨシタケシンスケ
1. 1巻のあとがきで、そろそろリアルめがね（老眼鏡）が必要だ、と書いてからはや2年。先日とうとう買いました。
人生 初めがね！
2. 私はずっと眼は良かったので、「近くのものだけピントが合わなくなる」という身体の変化は、とてもショックでした。
ピントが合わないゾーン
フツーに見える
3. しかし、「ピントが合う場所がある」という感覚は、なんというか「本来の世の中の見え方」を手に入れたようにも思えたのです。
実はよくわかっていない世界
見なれた世界
4. 人間誰しもそれぞれに「ピントの合わない場所」ってあるよなあ、と。
「違う世代」がボヤけて見える
「違う文化」がボヤける
「新しい価値観」がボヤける

5.
「自分の生活とは関係無いと思っている世界」、「20年後、30年後の未来」。それらはみんなボンヤリとしか見えていないし、そのことに別にストレスも感じていません。
6.
むしろストレスを減らすためにピントをぼやかし続けているのだなぁと。
え？ みらいめがね？
いらんいらん！ 見たいものはもう見えとるし！
7.
そして「ものの見え方」は、それがたとえ精神的なものであれ、
え？ 見えないの？
もっとがんばって！
え〜…
本人の努力ではどうにもならない部分も大きいよなぁとも思います。
8.
人間、歳を重ねれば重ねるほど視野もピントも限られてきます。
お〜〜〜…
だからこそ、いろんな「めがね」が必要に、大事になってくるんですね。

9.
つまり私は、今まで「視力」としてはすべてがクリアーに見えていたことで、

「見えてる」＝「知ってる」？

あたかも世の中のことが理解できているかのような錯覚の上に生きてきたのかもしれません。

10.
「誰にでも見えにくい場所はある」、「めがねで補正しないと正しく認知できないことがらがある」。

世の中を考える上で、その視点はとても重要な気がします。

私にとって、それは老眼鏡で「見えるようになった」ことのひとつです。

11.
また、老眼鏡のおかげで長年あこがれていた「めがねしぐさ」ができるようにもなりました。

めがねをはずしながらふりむく

つるをかみながら考えごとをする

12.
「めがねあるある」をひとつずつクリアーしていくこと。

— 今後の目標 —

めがねを寝返りでつぶす

めがねを見失う

それが今の私の、ちょっとした楽しみでもあります。

オシマイ。

初出一覧

すべて『暮しの手帖』

祖母の思い出	2018年11月	4世紀 97号
趣味はつらいよ	2019年 5月	4世紀100号
道具の魔力	2019年 1月	4世紀 98号
心の歯磨き （原題：相づちに救われる）	2019年 9月	5世紀 2号
脱皮の後に （原題：古い殻を脱ぎすてよう）	2019年 3月	4世紀 99号
香港のデモと奪われゆく日常 （原題：香港のデモと日常）	2019年11月	5世紀 3号
僕もヒーロー （原題：君もヒーローだ）	2019年 7月	5世紀 1号
自虐の落とし穴	2020年 1月	5世紀 4号
耐えるのではなく変える （原題：理不尽は変えるもの）	2020年 3月	5世紀 5号
味をしめる	2020年 5月	5世紀 6号
惰性を自覚する	2020年 7月	5世紀 7号
「フレーミング」に気をつけろ	2020年 9月	5世紀 8号
会話の作法	2020年11月	5世紀 9号
時間に誘われて	2021年 1月	5世紀 10号

文

荻上《おぎうえ》チキ

1981年兵庫県生まれ。評論家。メディア論を中心に、政治経済、社会問題、文化現象まで幅広く論じる。NPO法人「ストップいじめ！ナビ」代表理事。一般社団法人「社会調査支援機構チキラボ」所長。ラジオ番組「荻上チキ・Session」（TBSラジオ）メインパーソナリティ。「荻上チキ・Session－22」で、2015年度ギャラクシー賞DJパーソナリティ賞、2016年度ギャラクシー賞大賞を受賞。著書に『未来をつくる権利　社会問題を読み解く6つの講義』（NHKブックス）、『災害支援手帖』（木楽舎）、『いじめを生む教室　子どもを守るために知っておきたいデータと知識』（PHP新書）など。

絵

ヨシタケシンスケ

1973年神奈川県生まれ。筑波大学大学院芸術研究科総合造形コース修了。日常のさりげないひとコマを独特の角度で切り取ったスケッチ集や、児童書の挿絵、装画、イラストエッセイなど、多岐にわたり作品を発表。『りんごかもしれない』（ブロンズ新社）で第6回MOE絵本屋さん大賞第1位、第61回産経児童出版文化賞美術賞、『もうぬげない』（ブロンズ新社）で第9回MOE絵本屋さん大賞第1位、2017年ボローニャ・ラガッツィ賞特別賞、『このあと　どうしちゃおう』（ブロンズ新社）で第51回新風賞など受賞多数。近著に『あんなに　あんなに』（ポプラ社）、『あきらがあけてあげるから』（PHP研究所）など。

装画　ヨシタケシンスケ

編集　髙野容子（暮しの手帖社）
校閲　菅原 歩、圓田祥子（暮しの手帖社）
オフィスバンズ

みらいめがね2　苦手科目は「人生」です

二〇二一年九月十六日　初版第一刷発行

著　者　荻上チキ　ヨシタケシンスケ

発行者　阪東宗文

発行所　暮しの手帖社
東京都千代田区内神田一－一三－一　三階

電　話　〇三－五二五九－六〇〇一

印刷所　図書印刷株式会社

◎落丁・乱丁がありましたらお取り替えいたします。
◎定価はカバーに表示してあります。

ISBN 978-4-7660-0222-5 C0036

Printed in Japan